**Copperfield
von Preppach-Leuchtenberg**

**Ghostwriting:
Ina-Maria Enn**

Auto-Gassi - Gefällt mir!

oder

Menschen sind vielleicht komische Tiere

Marianne von Hirsch Verlag

1.Auflage

Herausgeber: Marianne von Hirsch Verlag
Irina Szarvasy
Partenkirchner Str. 47, 82581 Mittenwald
Umschlag, Layout und Satz: Jeannette Szarvasy / Berlin
Fotos: Julia Dömling / Landshut und Gerhard Seidl / Mittenwald
Druck und Bindung: Verlag Lindemann / Offenbach
Printed in Germany 2014

ISBN 978-3-9816858-0-0

www.marianne-von-hirsch-verlag.de
www.ina-maria-enn.de
www.facebook.com Ina-Maria Enn Autorenseite

Ich finde, Bairisch ist 'ne tolle Sprache:
"Du bist a Hund!"
ist ein Lob für Zweibeiner!
Copperfield von Preppach-Leuchtenberg

Es hilft ungemein,
nicht alles so furchtbar ernst zu nehmen -
sich selbst eingeschlossen!
Ina-Maria Enn

Hallo erstmal... !

Gestatten: Copperfield von Preppach-Leuchtenberg. Sieben Jahre alt, also im besten Mannesalter.

Ich wirke auf andere durchaus Respekt einflößend, nicht wenige haben sogar Angst vor mir, auch wenn es auf dem Foto nicht so aussieht.

Dabei mag ich Gesellschaft sehr – zwei- und vierbeinige.

Aber es ist nicht leicht, Freunde zu finden, wenn man als Riese stets im schwarzen Anzug herum läuft und mit Zähnen, größer als die von Frau Holle, vor denen ja bekanntermaßen selbst die Goldmarie Angst hatte. Dabei hatte Frau Holle – soweit ich weiß – noch nicht mal eine Kette um den Hals, an der man sie hätte festhalten können, wenn sie jemanden allzu stürmisch begrüßen wollte.

Doch Angst hin oder her: Dank des mir angeborenen Charmes und einer wirklich hervorragenden Kinderstube kann ich in aller Bescheidenheit behaupten, dass meine Fangemeinde nahezu täglich wächst.

Frauchen sagt, ich bin bekannt, wie ein bunter Hund. -

Deshalb versuche ich immer, mein schwarzes Fell etwas farbiger zu gestalten: mit Schnee oder Milch oder mit gaaaanz vielen grünen Kletten oder einfach mit Matsch und Sand, das geht auch prima. Aber am liebsten mag ich's mit Joghurt! Der schmeckt so schön süß. Schade, dass ich immer nur die Becher ausschlecken darf und dann muss ich sie auch noch selber aufräumen - so streng sind bei uns die Sitten...

Ich arbeite fleißig an meinem Buch und Frauchen muss alles aufschreiben - das hat sie davon, dass ich nicht an ihren Lepptopp darf!

Allerdings mach ich's doch manchmal – heimlich! Weil ich nicht lesen und schreiben kann, benutze ich einfach das Gedanken-Erkennungsprogramm von EnEsÄi-Guglbuck. Das soll zwar auch nicht immer alles richtig schreiben (behauptet Frauchen), aber ich glaube, das merkt eh keiner. Und falls EnEsÄi mich ausspionieren will, hab ich sie gleich ausgeschmiert.

Bin ich nicht ein kuhler Hund?!

Zumindest bin ich inzwischen auf diese Weise bestimmt der einzige Riesenschnauzer geworden, dessen Fehsbuck-Beiträge über 1.500 Mal in zwei Tagen angeschaut werden.

Neulich hat mal jemand behauptet, ich sei fast schon ein Star.

Zuerst fühlte ich mich direkt geschmeichelt. Ich ließ mir von einer meiner zweibeinigen Lieblingsfrauen eine Sonnenbrille aufsetzen und Autogrammfotos machen. Bevor jedoch die Fotos aus dem Labor kamen, wollte ich mich noch informieren, was ich von anderen Stars so alles lernen kann.

Ich holte mir deshalb am Sonntag Morgen also erst mal einen Stapel von den herrlich bunten Zeitschriften aus dem Zeitungsständer und sah mir die Bilder an – lesen kann ich ja leider nicht. Doch noch ehe ich ein wirklich interessantes Bild fand – am besten eins mit vielen Knochen oder einem leckeren Schinken drauf – kam meine Chefin.

„Sör Charles!“ -

Ihr Ton versprach nichts Gutes, also huschte ich schnell an ihr vorbei in die Küche. - Alles umsonst:

„Komm mal her! - Hierher, zu Frauchen!“ -

Von wegen FrauCHEN, sie wiegt mehr als doppelt so viel wie ich - dabei bin ich mit meinen 42 Kilo nicht gerade ein Leichtgewicht. -

Ich blieb stehen und beobachtete.

Es nützte mir gar nichts.

„Frauchen“ packte mich kurzerhand an meiner Halskette und zog mich an meinen Platz.

„Sir Charles, Zeitungen sind NEIN!“

Dabei hatte doch ich gerade erst angefangen, wenigstens ein paar von den blödesten Bildern auszusortieren! -

Da reden sie immer so viel vom Lernen - aber Eigeninitiative ist nicht gefragt. Dann hätten sie mich ja gleich in die Schule schicken können.

*

Schule oder lernen? - Das ist hier die Frage...

Als ich noch klein war und ganz neu bei Frauchen und Herrchen, haben wir's auch zuerst mal versucht, mit der Schule.

Ich fand's ja gar nicht schlecht.

Besonders die Spielkameraden waren toll, die hatten nämlich vier Beine, genau wie ich.

Wir konnten um die Wette rennen und wenn die Lehrerin nicht hinsah, sogar durch den Tunnel oder über die große Wippe. Das war super!

Bis sie doch mal hinschaute, als ich gerade so schön über die Wippe rannte.

Die Lehrerin fiel fast in Ohnmacht und entschuldigte sich gleich drei Mal bei Frauchen. Weil sie die Wippe nicht weggeräumt hatte.

Offenbar war ich nicht der einzige, der das nicht verstanden hat. - Frauchen fand es ebenso normal wie ich, dass wir die Hundewippe nicht nur bestaunten.

Nur die Lehrerin war entsetzt. Auf ihrem Lehrplan stand doch schließlich erst für eben diesen Tag eine Einführungslektion zum Thema „Wie überwinden Mensch und Hund gemeinsam die Angst vor der Wippen-Überquerung?“.

Und wegen dieses schwierigen Themas hatte sie auch wenige Minuten zuvor bereits mein Frauchen angezählt, weil die mal wieder im Unterricht nicht richtig zugehört und - als wir beide an der Reihe waren - KEIN LECKERLI in der Hand hatte, um mich über die Wippe zu locken!

Wobei ich gleich mal klarstellen muss, dass nur WIR HUNDE über die Wippe gehen sollten.

Nebenbei bemerkt: meine Begleiterin hätten eh keine zehn Hunde – Pardon: zehn Pferde – über das schmale Brett gebracht.

Doch ich als kleiner Hund sollte rüber gehen!

OHNE Leckerli! -

Nee, is klar - sowas geht natürlich gar nicht!

Frauchen hatte ob der Rüge das Genick ein- und gehorsam ein Leckerli aus der Tasche gezogen.

Mich interessierte das nicht sonderlich, und so war ich inzwischen schon längst am anderen Ende der Wippe angekommen.

Eins hatte die Hunde-Lehrerin nämlich noch nicht gemerkt: ich BIN überhaupt nicht bestechlich!

Wenn ICH was mache, dann nur, weil ICH es will – oder sehe ich etwa aus, wie ein Labrador?

DIE tun für Leckerlis ja bekanntermaßen alles. -

Ich bekam das Leckerli natürlich trotzdem, als Belohnung. -

Gefällt mir auch irgendwie besser - man fühlt sich nicht so erpresst!

Zu Hause erzählte Frauchen die ganze Geschichte dann meinem Herrchen.

Der holte ein dickes Buch und suchte nach 'ner Montessori-Schule für Hunde. Walldorf wollte er nicht, weil er Angst hatte, dass ich dann meinen Namen tanzen müsste.

Ich mag sowieso nicht tanzen.

Aber es gab auch keine Montessori-Hundeschule und so beschlossen meine Adoptiveltern, das mit der Bildung und Erziehung nicht durch die Regel-Hundeschule und Lehrer ohne psychologische

Grundkenntnisse versauen zu lassen, sondern die Fehler dabei lieber selber zu machen. -

Wo heute „selbst gemacht“ ja ohnehin ganz groß im Kommen ist.

So gesehen, kann ich jetzt also guten Gewissens behaupten, dass ich ein „Self-mehd“-Hund bin, neudeutsch oder dinglisch gesprochen. Nicht zu verwechseln mit 'nem Selbstgestrickten – das sind die Pudel, und die sehen meistens ziemlich albern aus.

Aber vielleicht sollte ich einfach mal ganz von vorn anfangen:

*

Aller Anfang ist schwer

1.Tag:

Puh, ist das anstrengend!

An das Gestrampel in der feuchten dunklen Höhle war ich ja gewöhnt, aber heute wurde es so richtig ungemütlich. Ich konnte schon gar nicht mehr richtig strampeln, so eng wurde es. Immer wieder. Immer öfter. Doch dann, auf ein Mal, begann ich zu rutschen. Vor Angst blieb mir fast das Herz stehen, so eng wurde es - aber plötzlich hatte ich Platz.

Etwas großes Schwarzes lag neben mir.

Vor Schreck machte ich die Augen zu. Irgend etwas nasses Weiches wischte über meinen ganzen Körper. Das war schön!

Neben mir fiepte es – hörte sich eigentlich gar nicht gefährlich an. Und der Geruch! Kam mir sehr bekannt vor. Die Augen ließ ich sicherheitshalber noch zu. Schließlich sah das große Schwarze ziemlich gefährlich aus.

Außerdem war es furchtbar hell, das konnte ich sogar mit geschlossenen Augen sehen. Ich verstand die Welt nicht mehr: bis vorhin war doch noch alles in Ordnung.

Es war so richtig gemütlich und das Wasser zum Schwimmen und Trinken war auch immer da.

Auf einmal merkte ich, dass ich fürchterlichen Durst hatte. So eine Gemeinheit aber auch. Ausgerechnet jetzt war rund herum alles trocken.

Doch da war so ein Geruch! Also erst mal immer der Nase nach!

Die Idee hatten offenbar noch Andere. Da, wo es am Besten roch, stupste meine Nase an kleine, weiche, nasse, sehr bekannte Körper – sollte ich vielleicht doch mal ein Auge riskieren?

Gerade noch rechtzeitig fiel mir ein, dass ich ja sowieso nicht wusste, wie diese Anderen aussahen. In der Höhle gab's ja kein Licht.

Inzwischen hatte ich auch die Quelle gefunden. Wo der Geruch herkam. Und nicht nur der.

Als ich probeweise meine Schnauze aufriss und an der Quelle zu saugen begann, kam da sogar was zu trinken raus.

Suuuper!

Gerade wollte ich nun doch meine Augen öffnen, da bekam ich einen Schubs und weg war die Quelle.

Das konnte nur dieses große schwarze Ding sein, dieses gefährliche.

Ich kniff die Augen noch fester zu. Das war sicher sehr klug von mir.

Aber jetzt bin ich müde, soo müüde - gut dass ich die Augen schon zu habe....

*

Ein paar Tage später ...

Heute bin ich aufgewacht und habe meine Augen aufgemacht. Einfach so! Na ja, nicht einfach. Aber ich bin schließlich ein Riesenschnauzer. Und die sind groß und furchtbar mutig.

Habe ich gehört. Gestern.

Und dann habe ich geträumt, dass sich das große schwarze Ding vor mir gefürchtet hat.

Im Traum hat es gesagt:

„Lieber Riesenschnauzer, bitte tu mir nichts, ich werde dir auch ganz bestimmt deine Quelle nicht wegnehmen!"

Na wenn das so ist, hab ich mir gedacht, kann ich's ja mal versuchen. Mit dem Augen-Aufmachen.

Das war vielleicht komisch!

Zuerst mal waren da um mich herum lauter kleine schwarze fiepende Kuscheltiere. Die konnten sogar laufen. Sooo süüß! Und gerochen haben sie genau wie ich, fast genau.

Und dann hab ich's wieder gesehen, das große schwarze Ding. Aber ich wusste ja nun, dass ich ein Riese bin und sah genau hin.

Komisch, das schwarze Ding roch genau wie die Quelle. Ein riesiges Kuscheltier! Toll, mit Quelle! - Mit acht Quellen – aber alle schon besetzt von den kleinen Kuscheltieren.

Das war so gemein! Keine Quelle für mich übrig. Aber dann fiel mir mein Traum wieder ein: Das große Kuscheltier hatte mir doch meine Quelle versprochen.

Ich wollte das große Kuscheltier gerade daran erinnern, da kamen zwei ganz eigenartige Tiere: nicht die Spur von schwarz oder kuschelig. Und zu meiner Verwunderung liefen die doch glatt auf ZWEI Beinen!

Das sah aber so was von komisch aus!

Und eine richtige Schnauze hatten sie auch nicht. Na wenigstens hatte der eine einen Bart. Fast so, wie das große Kuscheltier.

Sie sahen riesig aus. Riesig!

Ob das auch Riesenschnauzer waren? Wie sollte ich das herauskriegen?

Erst mal schnuppern – ganz anders als ich und die anderen. Und ihre Stimmen erst! – Wenn das Bellen sein sollte...

*

Menschen sind schon komische Tiere

Ja, so fing das alles an! Vor sieben Jahren. - Sagen Herrchen und Frauchen zumindest immer, wenn sie jemand fragt.

Sieben soll ja 'ne Glückszahl sein - obwohl ich keine Ahnung habe, was das überhaupt ist "sieben". Irgend so eine Menschen-Erfindung. (Natürlich weiß ich inzwischen, dass die komisch riechenden Zweibeiner "Menschen" heißen).

Das sind wirklich komische Tiere: laufen auf zwei

Beinen, obwohl es auf vieren doch viel schneller geht, und ihr bisschen Fell schneiden sie sich auch noch ab.

Wozu das gut sein soll, verstehe wer will!

Ich glaube, sie verstehen es selbst nicht. Warum sonst kriechen sie wohl in irgendwelche komischen Decken, die dann auch noch Löcher für den Kopf und die Beine haben müssen?

Menschen!!!

Na ja, manche scheinen ja etwas schlauer zu sein und schneiden wenigstens ihre Haare nicht ab. Die sehen dann ein bisschen wie ich aus - bloß nicht so schön, denn das mit den bunten Decken machen die auch!

Am schlimmsten sind die, die mit allen Mitteln versuchen, auszusehen, als hätten sie ein genauso schönes schwarzes Fell, wie ich. Bloß ihr Gesicht verrät noch, dass sie sich verkleidet haben.

Doch ich merke es natürlich sofort. Und damit sie gar nicht denken, ich falle auf sie rein, belle ich sie dann an. Aber nicht mein "Spiel-mit-mir"-Bellen, nein, so richtig böse. So, dass sie es sogar unten auf der Straße hören können, wenn ich sie oben aus der Küche auf der anderen Straßenseite entdeckt habe.

Manche versuchen noch, sich unter einem runden schwarzen Dach zu verstecken - die "mag" ich ganz besonders!

*

Ein Freund, ein guter Freund...

Eigentlich mag ich Menschen schon, besonders Kinder. Ich bin auch immer ganz vorsichtig, vor allem, wenn sie noch klein sind.

Einmal stand so ein Krümel vor mir, der konnte gerade laufen und schaute mich von unten an. Weil ich als Riese natürlich größer war, als er.

Plötzlich streckte er seinen Mini-Finger in die Luft und piepste:

"Schali ditz!" -

Ich wusste zuerst überhaupt nicht, dass ICH gemeint war.

Erst als meine Chefin zu ihm sagte:

"Noch mal!" und mir, als er wieder "Schali ditz!" rief, auf den verlängerten Rücken tippte, begriff ich:

Das war ein BEFEHL. - Von einem ZWERG!

Aber Frauchens Zeichen war unmissverständlich und ich kenne ihre Hartnäckigkeit!

Widerstand ist da zwecklos!

Also setzte ich mich hin.

Der Zwerg war begeistert und seit dem Tag habe ich einen neuen Freund!

Und ganz ohne Fehsbuck!

Ich mag sowieso Freunde lieber, die ich kenne und die mich streicheln, mit mir spielen oder mir Leckerlis geben. Genau in der Reihenfolge. Ob sie zwei oder vier Beine zum Laufen benutzen, ist mir egal. Da hat so jede Art ihre Vorteile: die Zweibeiner streicheln besser und mit den Vierbeinern machen Wettrennen mehr Spaß. Man kann eben nicht alles haben, auch beim besten Freund nicht.

Einer meiner Freunde ist Hugo. Auch ein junger Zweibeiner. Kein Zwerg mehr, denn seit ich ihn kenne, ist er schon ganz schön gewachsen.

Hugo hat richtig Glück: Er hat 'ne Mama und 'nen Papa. Mit denen wohnt er auch zusammen, glaube ich. Zumindest mit seiner Mama, denn ich hab ihn noch nie ohne sie getroffen.

Ich dagegen kenne meinen Papa leider überhaupt nicht und meine Mama habe ich auch vor langer Zeit zum letzten Mal gesehen.

Deshalb beneide ich Hugo immer ein bisschen. Obwohl er nur auf zwei Beinen geht und sein Fell so kurz geschnitten ist, dass man es glatt vergessen kann.

Wie gesagt, ich beneide Hugo ein bisschen. Seine Mama ist nämlich „voll kuhl“, wie Hugo sagen würde - allerdings nicht über seine Mama.

Versteh ich übrigens nicht!

Hugos Mama geht fast jeden Tag mit Hugo Gassi!

Aber statt sich darüber zu freuen, mault Hugo rum und will am liebsten immer nur mit dem kleinen flachen Kasten spielen, den er „Händi“ nennt.

Dabei ist das Ding genau so doof, wie die Kisten, die auf allen Schreibtischen rumstehen, die ich kenne.

Früher hab ich ja gedacht, da drin verstecken sich manchmal meine Fast-Schwestern, die, die zu Frauchen immer "Mama" sagen, meine ich.

Ich hab mich damals wirklich gefreut, als ich Louise zum ersten Mal in so 'nem Ding entdeckt habe, denn die kommt uns leider nicht so oft besuchen. Damit sie mich streicheln kann, bin ich extra um den Schreibtisch rum gelaufen und hab nach ihr geschaut.

Nur, da war nichts.

Statt dessen haben Louise (aus dem Kasten raus) und Frauchen mich ausgelacht und Frauchen hat gesagt:

"Das ist doch bloß ein Kompjuter!"

Wirklich blöd!

Da freut man sich und dann ist alles nur Betrug!

Toll - und DAS findet Hugo besser als Gassi-Gehen mit seiner Mama!

Nur, wie gesagt, die ist kuhl und hat mich zur Hilfe geholt. Und wenn ich dabei bin, kommt sogar Hugo mit. Meistens jedenfalls.

Manchmal gehen wir auch alleine, Hugos Mama und ich. Ich glaube, das gefällt ihr besonders gut. -

Weil ICH aufs Wort höre.

Na ja, um ehrlich zu sein, nicht immer aufs ERSTE Wort.

Sonst wäre ich ja auch kein Riesenschnauzer, sagt Herrchen.

Immerhin höre ich VIEL BESSER als Hugo! -

Ist allerdings auch kein Wunder.

Meine Frauchen-Mama diskutiert eben nicht erst lange und macht es, wie früher meine Hunde-Mama: Wenn ich alles richtig mache, ist sie lieb zu mir, aber wenn ich nicht hören will oder sie vielleicht sogar mal anknurre, knurrt sie einfach lauter, und wenn's ganz schlimm ist, gibt's auch mal eins auf die Schnauze.

Nein, natürlich schlägt sie mich nicht. Mamas dürfen Kinder nicht schlagen! Sie greift mir einfach fest über die Schnauze, so wie es meine Hunde-Mama gemacht hat.

Dann gebe ich lieber nach - denn Streicheln ist wirklich viel schöner!

Oder sie schickt mich sogar in mein Körbchen. -

Wenn ich unterwegs nicht höre, muss ich vielleicht an die Leine oder wenigstens "Bei Fuß" gehen.

Und das ist ganz schön langweilig, sag ich euch!

Wisst ihr, was das schlimmste Wort ist, das ich kenne: „NEIN!“ - Ich HASSE es!!!

Inzwischen habe ich zum Glück aber entdeckt, wie ich es schaffen kann, dass ich es nicht zu hören kriege: Ich mache einfach alles so, wie meine Menschen-Eltern es wollen.

Schaffe ich zwar nicht immer - aber es hilft!

Und das Schönste ist: dann sind alle lieb zu mir!!!

Ich versteh überhaupt nicht, warum das manche

Menschen-Mamas mit ihren Kindern anders machen.

Gut, das mit dem Schnauzengriff ist ja vielleicht wirklich schwierig, so ohne richtige Schnauze.

Und ob die Menschen-Kinder ein Körbchen haben, weiß ich auch nicht.

Aber Leinen gibt es doch zu kaufen!

Hugo würde ich sogar eine von mir schenken. Weil er mein Freund ist und ich es überhaupt nicht mag, wenn seine kuhle Mama so traurig wird, weil er mal wieder nicht auf sie hört.

Na und "Bei Fuß!" können, glaube ich, sogar Menschen-Kinder lernen.

Ach ja, und dann gab's da auch noch dieses Halti! Irgendwo muss meins noch rumliegen. -

Nur - da haben wir dann wieder das Problem mit der Schnauze... -

Aber kuhl wär's, oder?!

*

Ich bin ein Flugplatzkind!

Aufgewachsen bin ich auf einem Segelflugplatz, dort habe ich auch gelernt, Herrchens "Spatz" von all den anderen Flugzeugen zu unterscheiden - sogar, wenn er noch in der Luft ist. - Der zwitschert nämlich!

Natürlich weiß ich auch schon längst, dass man nicht über Tragflächen steigt - und wenn ein Propeller läuft oder ein Flugzeug auf der Bahn ist, darf ich da nicht hin. -

So gesehen, geht's mir sicher genau wie allen anderen Flugplatzkindern. Aber ICH muss KEINE Flieger waschen, nicht mal Piloten, denn das haben mir meine Menscheneltern schon als Baby abgewöhnt.

Nur leider durfte ich auch noch nie mitfliegen! -

Man kann eben nicht alles haben!

Inzwischen haben wir einen neuen Flugplatz. Den finde ich toll! Da habe ich nämlich noch viel mehr Platz zum Rumtoben und sogar einen vierbeinigen Freund, der so groß ist, wie ich - und ich bin ja immerhin ein Riesenschnauzer.

Mein Freund Balou ist kein Riesenschnauzer, er ist auch nicht ganz so schön schwarz wie ich - aber das ist mir sowieso lieber.

So kann uns wenigstens keiner verwechseln.

Balou wohnt mit seiner Menschen-Familie direkt auf dem Flugplatz.

Das ist sehr praktisch. - Für mich.

Er ist einfach immer da, wenn wir hinkommen, und so habe ich jedes Mal jemanden zum Um-die-Wette-Rennen oder -Schnüffeln.

Manchmal finde ich auch einen Knochen, den Balou versteckt hat. Bestimmt extra für mich! - Obwohl, am Anfang hat er das noch nicht gewusst, dass Knochen IMMER für mich sind, und versucht, mich mit Knurren und Zähne zeigen von seinem Wohnhaus, seinem Futter, seinem Wassernapf und seinen Knochen-Verstecken fern zu halten.

Aber ich bin hartnäckig, ein Dickkopf, wie

Herrchen und Frauchen, und so habe ich es einfach immer wieder versucht.

Inzwischen hat er eingesehen, dass es keinen Sinn hat und geht einfach zu meinem Frauchen, wenn ich in der Nähe seines Hauses auftauche. Nein, er verpetzt mich nicht, so was tun Hunde nicht, er lässt sich von ihr streicheln -

Leckerlis gibt's bei uns ja nur, wenn man vorher was "gearbeitet" hat. - Da sind meine Menschen-Eltern eisern.

Jetzt hoffe ich nur, dass Balou das nicht merkt und Frauchen nicht auf die Idee kommt, ihm meine Tricks beizubringen.

Die sind schließlich mein "Alleinstellungsmerkmal"! -

Ich hab gehört, so was braucht man heute, wenn man gut verdienen und dafür nicht jeden Abend total gestresst zusammenbrechen will.

Der Flieger in meinem Rudel ist Herrchen.

Frauchen darf manchmal mit. Erzählt sie zumindest. Aber ich kann das nicht bestätigen. Wenn ich mit auf dem Flugplatz bin, bleibt sie jedenfalls immer bei mir und lässt Herrchen allein in so einen komischen Vogel steigen.

So langsam habe ich den Verdacht, dass sie das nur macht, um mich besser unter Kontrolle zu haben. Oder sie will verhindern, dass ich auch mitfliegen will. Und weil neben Herrchen nur ein Platz frei ist, hat sie bestimmt Angst, dass sie dann allein am Boden bleiben muss.

Manchmal ist ihr das dann aber plötzlich doch egal. Zum Beispiel wenn wir wieder mal so eine ganz lange Auto-Gassi-Runde mit Herrchens Flugzeug-Hänger gemacht haben. Das ist so ein Ding, nach dem sich immer alle Leute umschauen.

Eine lange Kiste auf Rädern eben. Wie für ein Krokodil, Ihr wisst schon! Die meisten dieser Dinger sind weiß.

Unsere nicht, die ist so wie mein Futternapf, ganz blank! Bestimmt, damit ich sie immer gleich erkenne, wenn Herrchen mein Auto auf einem großen Platz zwischen den doofen Riesenautos versteckt, über die er beim Fahren immer schimpft.

Früher haben mich die Brummis ja auch gestört. Versperren mir immer die ganze schöne Aussicht.

Doch irgendwann hab ich beschlossen, meine Augen einfach zu zu machen und ganz in Ruhe mal richtig auszuschlafen. Ohne Böller und Glocken und ohne, dass ich aufpassen muss, ob auch kein Besuch kommt, der gleich an der Tür klingelt.

Ist prima, sag ich Euch! -

So lange meine Chauffeure das nicht nachmachen.

So langweilig, wie diese so genannte Autobahn ist, verstehe ich eh nicht, warum die Menschen dort immer ewig lange Auto-Gassi-Runden drehen. Und dabei die ganze Zeit da sitzen, aus dem Fenster schauen, über die ganzen Idioten schimpfen, die außer ihnen noch so rumfahren und dann irgendwann total müde anhalten und aussteigen.

Aber besonders komisch ist, was sie dann machen:

Ich glaub es immer noch nicht!

Sie setzen sich wieder hin! Fressen und saufen ein bisschen und steigen wieder ein.

Weiter geht's!

Am Ende der Fahrt schimpfen sie noch darüber, dass ihnen alle Knochen weh tun – und setzen sich wieder hin und fressen.

Also für mich wär das nichts! Ich finde es viel schöner, in meiner rollenden Hundehütte in Ruhe auszuschlafen und wenn wir anhalten, laufe ich ein bisschen rum, piesle, tanke Wasser nach und lese nebenbei die örtlichen Zeitungen.

Wenn ich schließlich merke, dass wir gleich da sind, steh ich schon im Auto mal ein bisschen auf und schau aus dem Fenster.

Herrchen ist jedes Mal ganz verwundert, woher ich schon wieder weiß, dass wir gleich ankommen. -

So was können auch wirklich nur Menschen fragen!

Wenn er nicht vom Auto-Lenken so müde wäre, würde er es ganz sicher auch merken.

Schließlich ist es doch immer das selbe Spiel:

Es beginnt mit dem Hinweis von Zenzi, der Frau aus der Navi-Kiste:

„Jetz les i noch ei und dann geht's scho los!" -

Das ist mein Stichwort. Von jetzt an muss ich wieder aufpassen.

Nicht lange danach fangen meine Chef-Fahrer an, sich auf das Ende der Fahrt vorzubereiten:

Frauchen zieht sich ihre Schuhe wieder an. -

Das kann ich riechen. -

Nein, nicht was Ihr denkt, ich mag es, wenn Frauchen die Schuhe aus hat.

Ihre Füße riechen wirklich gut. - Käse riecht auch wirklich gut. Und Herrchen... –

Aber der lässt als Auto-Lenker seine Schuhe immer an.

Kann ich übrigens auch riechen. Und hören. -

Aber die Menschen haben dafür einfach zu kleine Nasen und Ohren, glaube ich.

Doch ich schweife ab!

Die Sache mit Frauchens Schuhen hilft mir leider nur bei den lange Auto-Gassi-Touren.

Das nächste Signal stimmt dafür immer:

Wir fahren langsamer! -

Dazu brauche ich nicht mal aus dem Fenster zu schauen. - Sicherheitshalber mach ich es aber doch, denn es könnte ja auch so ein Stau-Ding sein. - Nur wenn es mehr und engere Kurven werden, ist es ganz sicher: Wir sind gleich da!

Tja, ist schon ein Vorteil, wenn man ausgeschlafen ankommt!

Wenn wir dann aussteigen, zeigt sich der Vorteil erst so richtig.

Während ich fröhlich mit meinem Schwanz wedle und jeden begrüße, der mir vor die Nase läuft, kommt Herrchen mit hängenden Ohren und krachenden Knochen angeschlichen, ringt sich ein müdes Lächeln ab und wenn die Fahrt besonders lang war, fragt er sogar manchmal unsere zweibeinige Vicki-Pedija, wie seine Freunde heißen - die er schon länger kennt, als es mich gibt.

Das bedeutet: er WARTET ausnahmsweise sogar mal auf Frauchen! -

Weil DIE nämlich auch MIT Schuhen einfach die Langsamste von uns ist.

Damit das nicht so auffällt, geh ich erst mal an den nächsten Baum. – Schau'n, ach nee: schnuppern, was so los ist. Ob auch richtige Freunde da sind oder nur Streichler.

Wenn Frauchen dann endlich in die Gänge kommt, hält mich nichts mehr: Ich renne vor – und wieder zurück, meine Beiden ein bisschen anfeuern. Und wieder vor. Und wenn ich dann schon längst jeden begrüßt und, wenn vorhanden, die Küche erschnuppert habe, sind endlich meine Langsamläufer da und die Chefin hat den Überflieger „gebrieft“ -

Ja, ich habe keine Mühen gescheut und extra für Euch ein bisschen Flieger-Latein gelernt.

Weil doch Piloten immer sowas Geheimnisvolles umgibt. Der Grund ist, dass sie viel öfter in höheren Sphären schweben als normale Menschen.

*

Flieger, grüß mir die Sonne!

Nur mal ein Beispiel.

Hab ich aus der Fernseh-Kiste. Weil ich ja selber noch nie geflogen bin – höchstens mal aus der Küche. Nur, das war mehr so symbolisch.

Doch wie ihr sicher wisst: Fernsehen bildet.

Also mein Fernseh-Beispiel:

Ein Riesen-Flugzeug mit richtig vielen Menschen drin. Das Ding landet. Aber bevor die Leute von ihren Plätzen aufstehen, KLATSCHEN sie.

Ich hätte das ja glatt für eine von den berühmten Fernseh-Enten gehalten, wenn nicht Frauchen den Kopf geschüttelt und zu Herrchen gesagt hätte:

„Stell dir mal vor, die würden auch an jeder Bushaltestelle klatschen, weil der Fahrer so schön angehalten hat - oder auf jedem Bahnhof!“ -

So ein Unsinn!

Ich kenne zwar keinen Flieger von innen, aber mit dem Bus und mit dem Zug bin ich schon gefahren.

Da werden beim Anhalten höchstens die Kleinen übersehen und zur Seite geschubst, weil jeder beim Aussteigen der Erste sein will. Und die Hände brauchen die Leute sowieso zum Festhalten, weil die Fahrer beim Anhalten immer so ruckeln.

Zum Klatschen gibt’s da wirklich nichts.

Ganz anders in einem Flugzeug!

Logisch! - Das fliegt!

In der Luft! -

Das heißt, der Pilot fliegt! -

Denken die Nicht-Piloten zumindest.

Und das wiederum tut den Piloten sooo gut! Und damit die anderen nicht merken, dass die Intelligenz des Flugzeugs so manche Dummheit des Piloten durchaus wieder gut macht, haben die Piloten das Flieger-Latein erfunden.

Und die Nicht-Piloten fallen drauf rein!

Wie auf alle, die nur geschwollen und unverständlich genug daher reden!

Na und als echter Flugplatz-Hund muss ich mich natürlich unterordnen.

Deshalb würde ich auch nie jemandem erzählen, dass mein Lieblings-Pilot, der die schönste Krokodilkiste spazieren fährt, die ich je auf einem Segelflugplatz gesehen habe, sich für die Namen seiner Freunde seine eigene Vicki-Pedija mitbringt, die ihm die Namen auf Aufforderung vorsagt.

Ich mache es wie alle Piloten und nenne es Briefing.

Keine Angst, das merkt auch von denen keiner!

Die haben zu ihrem Briefing auch nie Briefe dabei. Nur einen Vorsager, der denen, die nicht selbst lesen können, sagt, was er im Internet über das Wetter gelesen hat.

Tolle Sache! -

DAS macht Frauchen nie! Die fälscht die Internet-Wetterberichte noch selbst – und vorher schaut sie mal aus dem Fenster.

Schließlich darf SIE keinen Unsinn erzählen.

Als Frau. - Ohne Pilotenschein!

Aber Herrchen hat wohl schon lange gemerkt, dass so eine Frau ohne Pilotenschein als Wetterhexe gut zu gebrauchen ist. Doch das verrät er keinem.

Ist seine Geheimwaffe, mein Frauchen.

Okay, Frauchen ist auch sonst manchmal ganz gut zu gebrauchen: während der langen Autofahrt sorgt sie nämlich immer wieder mal für Abwechslung.

Durch wertvolle Korrekturen von Navi-Zenzi.

Natürlich nur, wenn man durch das zu späte Abbiegen von der Autobahn und die anschließende Rückfahrt auf der Gegenspur zum Beispiel ein paar Riesen-Flugzeuge beim Landeanflug beobachten kann. -

Auch wenn Herrchen das meist nicht gleich versteht und wie der berühmte Rohrspatz schimpft – er ist dann wieder wach!

Und freut sich über die Flieger. - Wie über alles, was Flügel hat.

Auch als Reiseführer-Vorleserin ist Frauchen prima! Und als Quartiermeisterin, Ausflugs-Organisatorin, Hundesitterin – na und nicht zu vergessen – abends im Bett.

Zum Rücken kraulen.

Herrchens Rücken!

Meinen lasse ich mir tagsüber von all denen kraulen, die, wie mein Frauchen-für-Alles, den ganzen Tag auf die stolzen Bezwinger der Lüfte warten und dafür sorgen, dass die abends ihr Futter kriegen.

Von dem natürlich auch für mich immer so das eine oder andere abfällt.

Meine beiden Futter-Rationierer sagen zwar immer, mir soll keiner was geben, aber wenn was runter fällt...

Manchmal denke ich bei solchen Gelegenheiten, ich lebe bei den falschen Eltern. Bei uns zu Hause fällt nie so viel beim Fressen runter. Kein Wunder, dass ich der einzige Schlanke bei uns im Haus bin.

Und während meine zwei Futter-Neider es sich auf Reisen immer extra gut gehen lassen und mindestens doppelt so viel fressen wie sonst, passen sie auf mich mehr auf, als zu Hause.

Böse Mutterns gibt's! - Und böse Vaterns auch! -

Ich bin eben nur adoptiert!

OKAY, OKAY! Ist ja schon gut! Ich hör schon auf zu jammern. -

Und eigentlich, sind sie ja ganz in Ordnung, die Beiden – für Zweibeiner!

Aber neulich hab ich sogar von einem Zweibeiner unerwartete Unterstützung bekommen. Von einem richtigen Flieger. Herrchens Flieger-Doc.

Der hat zu Herrchen nämlich gesagt:

„Die Wamp'n muss weg. - Sonst gibt's beim nächsten Mal kein okay mehr von mir und aus ist's mit der Fliegerei!“

Seitdem mag Herrchen ihn nicht mehr.

Ich hab ganz leise gedacht:

„Das ist die Rache für Futterneid!“

Doch Frauchen hat nur gesagt:

„Ein Mann ohne Bauch ist zeitlebens ein Krüppel.“

Das hat Herrchen getröstet. - Dabei wollte Frauchen nur verhindern, dass er sich mal ihren Bauch genauer anschaut.

Schlau, nicht?

*

Kinder gibt's, die sind gar keine!

Meistens habe ich das Haus ganz für mich allein.- Wenn man Frauchen und Herrchen nicht mitzählt! - Aber manchmal geht's bei uns rund!

Ich mag das ja, wenn mein Rudel so richtig schön groß ist. -

Selbst wenn die Menschen nur halb so viel Beine haben wie ich und NATÜRLICH höchstens halb so schnell rennen können, höchstens.

Manchmal mache ich Wettrennen mit Herrchen: er im Auto. Bei schlechtem Wetter oder abends, wenn unser Flugplatz leer ist.

Ich hab mal gehört, wie er stolz zu Frauchen gesagt hat, dass ich locker 40 Ka-Eem-Ha laufe. Was immer das auch ist. - Als ob ER daran irgendeinen Anteil hätte...

Doch das ist ein anderes Thema.

Letztens hatten wir endlich mal wieder Besuch - ich liebe Besuch! Jeder streichelt mich - und Leckerlis gibt's auch mehr, als sonst!

Frauchen hatte vorher gesagt:

"Die Kinder kommen!" -

Ich war vor Freude tagelang total aufgeregt. Endlich hörte ich ein Auto. - Das erkannte ich sofort: Es war das von Louise.

Na, ich weiß ja nicht, von „Kind“ kann da wohl keine Rede sein!

Louise ist immerhin so groß, wie Frauchen. Aber Louise ist kuhl, genau wie Hugos Mama. - Nur Louise ist nicht so oft bei uns.

Schade eigentlich!

Ich hörte also Louises Auto und rannte schnell zu Frauchen ins Büro. Frauchen anstupsen und auffordern, dass sie mit zur Tür kommt. - Es ging mir alles VIEL zu langsam:

'Louise kommt!!!' -

Aber Frauchen sah mich nur verständnislos und vorwurfsvoll an, weil ich sie bei der Arbeit gestört hatte. Bis SIE endlich Louise auf den Hof fahren hörte, verging eine Ewigkeit.

Frauchen war dann ziemlich verblüfft, weil ICH es schon längst gehört und weil ich überhaupt Louises Auto erkannt hatte.

Wo sie doch nur zwei Mal im Jahr zu uns kommt. Höchstens. Sagt Frauchen.

Ich verstehe ihre Aufregung nicht. - Kann man doch gar nicht verwechseln. - Autos, meine ich. -

Jedes klingt anders.

Da merke ich mir einfach die, mit denen einer von meinen Freunden oder jemand aus meiner Familie kommt.

Ist doch Popel-leicht! - Würde Hugo sagen.

Nur: was ist Popel? Kann man das fressen? -

Jedenfalls, nachdem ich Louise ausgiebig begrüßt hatte, versteckte sie erst mal ihre furchtbaren Wieder-weg-fahr-Schuhe mit den harten langen Absätzen im Schrank.

Mist, ich hatte eigentlich die Hoffnung, die Dinger endlich mal ganz zerlegen zu können. Damit sie nicht mehr weg fahren kann.

Die Schuhe schien sie ja nur dafür zu brauchen, denn bei uns zieht sie immer normale Schuhe an, flache, damit wir toben und durch den Wald laufen können.

Sähe auch ziemlich albern aus, mit solchen Stöckchen-Absätzen am Berg. Tragen höchstens Touris...

Na gut, so wusste ich wenigstens, dass Louise ein paar Tage bei uns beiben wollte.

Koffer hatte sie auch mit. -

Aber hatte Frauchen nicht gesagt,

"DIE KindER kommen"?

Eine Weile später hörte ich noch ein Auto, das ich kenne und das VIEL zu selten kommt!!!

DIE "Kinder" sagen zwar auch "Mama" zu Frauchen, einer sogar "Oma", aber sie sind NOCH größer. Viel größer - sogar größer als Herrchen.

Also wieder nix mit echten Knirpsen. Warum dann "KINDER"? - Versteh' einer die Menschen!!!

Na egal! Alle mit Koffern, nur DAS war wichtig: dass die Koffer nach oben getragen wurden und nicht nach unten...

Endlich waren alle da und überall standen Koffer, nicht nur in den Zimmern, die "NEIN" sind, sogar in der Stube. Beim Essen war sogar der größte Tisch voll - auch rund herum!

Nur blöd, dass sich die "Kinder" ständig durch meine TOTAL unkuhlen Menschen-Eltern beeinflussen lassen und dass ich höchstens mal EIN

PAAR Leckerlis extra bekomme. - Für extra Arbeit!

Echt unkuhl, oder?!!!

Trotzdem - wenn unser Rudel so schön groß ist, macht es viel mehr Spaß: jeder streichelt mich und schon am Morgen darf ich mit zum Bäcker und manchmal sogar zum Metzger.

Den mag ich besonders!

DER hat nämlich keine Angst vor Frauchen und steckt mir schon mal 'ne Scheibe Wurst zu - ohne Arbeit! -

Gibt eben auch richtig nette Menschen...

Als die "Kinder" nach ein paar Mal schlafen wieder ihre Koffer in die Autos packten, war ich diesmal nicht ganz so traurig. Endlich kam ich wieder dazu, ganz in Ruhe auszuschlafen und musste nicht ständig Angst haben, dass ich was verpasse.

So gesehen, bin ich mit Herrchen und Frauchen eigentlich auch ganz zufrieden.

*

Auto-Gassi gefällt mir - Fehsbuck ist doof!

Eines schönen Tages hab ich dann zum ersten Mal Frauchens Lepptopp entdeckt:

Eingeschaltet! - Und von Frauchen keine Spur!

Da musste ich mir mal so richtig Luft machen - oder wie das meine Zweibeiner so nennen...

Einen Tag vorher hatten sie mich nämlich schon wieder mal nicht mitgenommen.

Taten zuerst so und riefen:

„Autogassi",

Ich habe mich gefreut und bin rein gesprungen in meine brummende und rollende Hundehütte, die sie "Auto" nennen - und schon nach drei Kurven und zwei Minuten Fahrzeit musste ich wieder aussteigen und wurde einfach abgegeben. -

Wie ein Kind im Kindergarten.

Wenn's wenigstens ein Kindergarten gewesen wär! Am besten der mitten im Wald, wo meine vielen Freunde sind, die schon von Weitem fröhlich "Charly, Charly!" rufen, wenn sie mich kommen sehen. -

Aber nein, bloß ein Garten und außer mir nur mein Freund Pico. - Wenigstens hat der vier Beine, wie ich.

Das ist allerdings schon fast das Einzige, was wir gemeinsam haben. -

Dabei ist er eigentlich auch ein Hund. -Aber er denkt wohl, das merkt keiner. Deshalb bellt er wohl auch sicherheitshalber jedes Mal, wenn irgendwo jemand zu sehen ist oder ein Auto vorbei fährt.

Wie soll ich denn da auf meine 20 Stunden Schlaf pro Tag kommen? -

Zumindest behauptet mein Frauchen immer, dass es 20 Stunden sind.

Menschen! - Keine Ahnung haben die!

Dabei wache ich doch Tag und Nacht. Und die Augen mache ich nur zu, damit sich keiner beobachtet fühlt.

Clever, nicht?!

Nur Pico hat das noch nicht begriffen.

*

Wie bereits gesagt, Frauchens Lepptopp hat's mir angetan. - Okay, nur, wenn mir langweilig ist.

Vor gar nicht so langer Zeit hat mir Hugo erzählt, dass er 'ne Menge Freunde bei "Fehsbuck" hat.

Komisch ist nur: Ich hab ihn noch nie mit einem von den Freunden gesehen. Doch er hat mich neugierig gemacht.

Also nutze ich manchmal die Gelegenheit und schreib da was rein. Bei Fehsbuck. Und weil ich Frauchens Fehsbuck-Ai-Die nehme (was immer das auch ist - Hugo sagt, das braucht man), weiß auch keiner, wer ich wirklich bin.

Super!

Scheint also so 'ne Art Versteckspiel mit Freunden zu sein. Blöd nur, dass ich auch keine Ahnung habe, wer DIE wirklich sind.

Freunde eben!?

Nee, is klar!

Ich bin aber auch ein dummes Hundchen!

Nun mal ehrlich: Das merkt doch keiner, das ich keine Ahnung habe, oder?

Hier ein paar Fehsbuck-Kostproben von mir:

"Hello Fäns, 'n Ab'nd Leute! -

Hier ist mal wieder Charly allein zu Haus! Aber Frauchen hat ja zum Glück ihren Kompjuter an gelassen.

Ich hab keine Ahnung, wo sie sich wieder rumtreibt - und Herrchen hat sich auch verkrümelt!

Wenn die bloß nicht zwei Autos hätten! -

Na ja, manchmal ist das ja auch ganz "kuhl", wie mein Freund Hugo immer sagt. Ihr müsst nämlich wissen: Auto-Gassi gefällt mir! Da können mir die beiden nämlich nicht abhauen!

Obwohl: vorige Woche hat Herrchen das glatt versucht.

Ich hatte noch keine Lust, aus dem Wald wieder nach Hause zu fahren, aber er wollte unbedingt.

Frauchen war nicht dabei, da hab ich mal wieder probiert, ob mein Kumpel Herrchen nicht vielleicht doch macht, was ich will und habe einfach sein "Charly, einsteigen, hopp!" überhört.

Bei Frauchen hätte ich mich eh nie getraut, das zu versuchen, die wird immer gleich energisch und droht "Soll ich dich holen?!"

Oder sie nennt mich "Lieber Freund!" - aber in

welchem Ton, das müsstet Ihr mal hören! Da würdet Ihr sicher nicht mehr mit ihr beFREUNDet sein wollen! -

Na jedenfalls war sie nicht dabei und ich habe mich taub gestellt.

Schließlich kann man überall lesen, das Hunde NICHT jedes Wort verstehen, wie Herrchen und Frauchen immer behaupten.

Aber es hat mir nichts genutzt: Herrchen ist ohne mich eingestiegen und einfach losgefahren. Eeewig weit, sag ich Euch!

Und ich musste hinterherrennen! Hatte schon Angst, er hält überhaupt nicht mehr an!!!

Allerdings das hat er sich dann doch nicht getraut. Wie ich mein Frauchen kenne, wäre es ihm auch nicht gut bekommen! Die lässt sich nämlich nichts gefallen!

Ist eben nicht umsonst mein Chef -

... aber jetzt höre ich ihr Auto!

Oh, oh, ich muss schnell raus aus dem Büro und nach oben ins Körbchen, vielleicht glaubt sie ja, dass ich die ganze Zeit brav geschlafen habe..."

*

"So, jetzt hat's mal wieder geklappt: der Leptopp gehört MIR, wuff!

Diesmal muss ich aber richtig gut aufpassen, denn

Herrchen und Frauchen sind nur oben in der Sauna. Da schleichen sie sich dann manchmal barfuß runter. -

Zum Glück hab ich ja gute Ohren!

Ich versteh' bloß nicht, was die an dieser Sauna finden. Ich war ja auch schon mal drin: nur zwei Holzbänke, so wie riesige Stufen.

Hab mal versucht, mich da drunter zu verstecken, als mich mal wieder früh diese schreckliche Kirchenglocke und die Böller geweckt haben. -

Die spinnen doch, die Menschen!!!

Früh um sechs! - Da schlafe ich normal noch. Und dann auch noch Sonntags! - Obwohl: ich glaube, die machen den Krach auch, wenn die Sonne gar nicht scheint, oder wenn's gar noch dunkel ist...

Ich werd dabei noch mal narrisch! - Und wenn Herrchen und Frauchen noch schlafen, weck' ich sie: Ich kratze so lange an der Küchentür, bis einer zu mir runter kommt. - Klappt immer!

Dann darf ich sogar nach oben ins Schlafzimmer. Nur leider ist es dort genau so laut.

Unter den Teppich lassen sie mich nicht, hab ich schon versucht. Dabei ist der schön dick und darunter wär's sicher leiser.

Einmal kam Frauchen auf die Idee, mich in die Sauna zu lassen - aber da wollte ich nicht bleiben: nur Fliesen, Holz und Glas und ich ganz allein. –

Nee, nee, nix für mich!

Als ich immer weiter gezittert habe und der Krach weder hinter'm Sessel im Wohnzimmer noch hinter der Gardine weg war, hatte Frauchen eine Idee: Musik!

Nicht irgendwelche! Ich mag nämlich Klaviermusik. Sogar wenn Frauchen klimpert - und die kann das WIRKLICH nicht! Aber ich lege mich immer daneben und höre ganz still zu - wenn mich dabei keine blöden Böllerschüsse stören!

Doch Frauchen ist ja schlau (hat sie von mir): Sie hat so 'ne kleine glänzende Scheibe in den schwarzen Kasten unter'm Fernseher gesteckt und dann kam da Klaviermusik raus. Der Kasten hat auch 'nen Knopf, wenn sie daran dreht, wird die Musik schön laut, so dass kein Böller und keine Glocke mehr zu hören sind.

Herrchen hat sie dann erzählt, ich steh auf Tschaikowsky. - Dabei steh ich doch immer mit allen vier Beinen auf dem Boden...

Manchmal versteh ich die Menschen nicht - nicht mal meine!

Oh Mist, jetzt höre ich sie oben rumlaufen!

Bis bald mal wieder! Wuff!“

*

"Hallo Freunde, hier ist wieder mal Euer Lieblings-Fehsbuck-Hund Charly!

Habt Ihr mich schon vermisst?

Ich bin verreist und komme leider nicht so oft an Frauchens Lepptopp, wie zu Hause: sie schaltet ihn einfach nicht ein! Und mit dem ganzen Kabelzeugs kenne ich mich nicht aus.

Seid nicht traurig! Hier ist es schön - fast wie zu Hause: die Berge sehen nur ein ganz kleines bisschen anders aus, aber sie sind so hoch, wie bei uns...
Hier haben sie einen Berg, zu dem sagt Frauchen "Schlafende Hexe" - bloß gut, dass sie dazu nicht "schlafender Hund" sagt, den dürfte sie ja dann nicht wecken. -

Aber ich glaube, so was interessiert sie gar nicht. Auf mich nimmt sie ja auch keine Rücksicht.

Immer, wenn ich gerade sooo schön schlafe, sagt sie "Auto-Gassi!" und vorbei ist's mit meiner Ruhe. So viel, wie in den letzten drei Tagen, laufe ich sonst in zwei Wochen! Und dann die Gerüche überall: Bratwurst und 'ne Menge Zeugs, das ich nicht kenne. Und andere Hunde!

Gestern waren wir in einem tollen alten Kaffeehaus (sagt Frauchen).

Direkt neben mir lag dort eine schnuckelige braune Labradorin und wir durften gaanz in Ruhe Menschen und andere Hunde beobachten. Als es mir trotzdem fad wurde, habe ich gesungen. - Mache ich oft, wenn meine Menschen mich zum Essen oder so mitnehmen. Und diesmal hatte ich ja sogar Hundepublikum.

Bloß die Sache mit dem Beifall müssen wir noch üben.

Ob das bei Menschen auch, wie bei uns, hundert Wiederholungen braucht, bis sie begreifen, was man von Ihnen will? -

Dann hab ich nämlich noch 'ne Weile zu tun.

Die Aufmerksamkeits-Gaudi klappt bei den meisten Menschen schon ganz gut: Wenn wir irgendwo auftauchen, schauen sie mich an, reden mit Herrchen und Frauchen über mich und viele streicheln mich sogar.

Trotzdem: es gibt immer noch Zweibeiner, die tun nichts von alledem. Beachten mich einfach nicht! Haben wahrscheinlich überhaupt keine Ahnung, wer ich bin!!!

Na, das lasse ich natürlich nicht durchgehen: Eine halbe Stunde gebe ich ihnen, im Restorang. Dann stehe ich von meinem Platz auf und schaue sie an. Dabei lasse ich den Kopf hängen, so mit vorgerecktem Hals, Ihr wisst schon. Wenn das immer noch nicht hilft, belle ich. Ein einziges Mal nur, aber das reicht!

Anschließend schau'n sie alle!!!

Man muss sie eben nur zu nehmen wissen, die Menschen! - Aber bei Euch kann ich mir solche Tricks ja sparen, stimmt's?!"

*

Irgendwie ist Frauchen mir schließlich doch auf

die Schliche gekommen und hat meine heimlichen Pohsts bei Fehsbuck entdeckt.

Verstehe ich gar nicht. Dachte immer, wenn sie am Kompjuter sitzt, arbeitet sie.

Zumal ich sie da ja auch nicht stören darf. - Nicht mal zum Streicheln hat sie dann Zeit.

Dabei könnte sie sich sogar die Mühe sparen, ihre Hand von der Tastatur runter und auf meinen Rücken rauf zu legen. Ich nehme ihr das gern ab. Damit sie sich nicht so anstrengen muss.

Ich stecke einfach meine Schnauze unter ihrem Ellenbogen durch, zwischen ihre beiden Hände. Dann geb ich ihrem Arm einen ganz zärtlichen Schubser in Richtung zu mir hin.

Und schon landet die Hand da, wo sie eigentlich hin gehört: in Streichelhaltung auf meinem Rücken.

Ich verlange noch nicht mal ihre zweite Hand. Meinetwegen könnte sie sogar damit weiter schreiben, auch wenn sie das ganz schön von ihrer eigentlichen Beschäftigung (mich zu Streicheln) ablenkt.

Doch was macht sie? -

Sie nimmt mir die Streichelhand wieder weg und behauptet doch glatt, ich störe bei der Arbeit.

Schöne Arbeit! - Jetzt hat sie sich ja verraten: sie liest heimlich meine Fehsbuck-Beiträge.

Es ist schon ein Kreuz mit den Müttern, egal ob es

nun die Hunde- oder die Menschen-Mütter sind: Sie merken einfach alles!

Natürlich ist das noch nicht alles. Das Shlimmste ist nämlich: Sie wissen alles besser!

Herrchen behauptet sogar, dass ALLE Weiber so tun, als wüssten sie alles besser. Dabei wollen sie nur die Bestimmer sein.

Ich glaube, Herrchen hat von mir schon was gelernt: wenn man sie lässt, kann man ganz gut leben.

Aber immer schafft er es trotz dieser Einsicht nicht. Ich auch nicht.

Wir sind eben alle drei Dickköpfe.

Manchmal testen Herrchen und Frauchen, wessen Kopf dicker ist. Eigentlich sieht man es ja: Frauchens! Doch wenn er es trotzdem nicht glaubt, wird's bei uns ungemütlich.

In solchen Momenten stehe ich ganz leise auf und verschwinde in meinem Körbchen, stecke den Kopf unter's Kissen und halte mir sicherheitshalber noch die Ohren zu.

Zum Glück dauert das nie lange.

Nur, wer gewinnt, krieg ich so nie mit.

Ich tippe auf Frauchen, ist schließlich nicht zufällig meine Chefin!

Na, jedenfalls hat Frauchen eines Tages meine

Fehsbuck-Aktivitäten entdeckt. - Und weil sie ja überzeugt davon ist, alles besser zu wissen, hat sie mir erklärt, dass ich noch gar nicht begriffen habe, wie Fehsbuck wirklich funktioniert:

Ein guter Beitrag muss erstens kurz sein, zweitens mindestens zur Hälfte aus Abkürzungen bestehen und drittens vor allem NULL INHALT haben.

Das ist ja wie 'ne Leckerli-Büchse in der Größe meiner Hundemarke mit LUFT drin!

MENSCHEN!!!

Jetzt verstehe ich endlich, warum so wenig Hunde auf Fehsbuck sind!

*

Ei-Pett Eier und andere seltsame Dinge

Das Menschen komische Tiere sind, merkt man ständig. Am komischsten aber sind die Dinge, die sie so erfinden, um sich die Zeit zu vertreiben.

Meistens nennen sie es ja anders, zum Beispiel "arbeiten", "lernen" oder so.

Natürlich durchschaue ich das.

Wie das kommt? -

Ganz einfach: Hunde arbeiten und lernen auch, trotzdem würden wir niemals so ein Zeug erfinden, wie zum Beispiel Kompjuter oder Telefone. (Ihr wisst schon, die kleinen schwarzen Kastl, mit denen sie ständig reden.)

„Kommunikation“ nennen sie das.

"Kommunikation" - Dass ich nicht lache!

Das Schlimmste ist: die Menschen glauben wirklich, dass man heutzutage nur MIT dem ganzen Zeugs kommunizieren kann!

Na, dann muss ich hier eben beweisen, dass das Unsinn ist:

Also, zuerst mal ist es ja wohl unbestritten, dass man mit Hunden kommunizieren kann - und dass auch Hunde untereinander kommunizieren, oder? -

Allein das wäre sicher Beweis genug - oder habt ihr schon mal 'nen Hund mit Händi gesehen?

Doch ich höre schon Hugo sagen, die Menschen brauchen die sogenannten "Kommunikationsgeräte" trotzdem...

Hundekuchen! - Ach nein, Pustekuchen!

Es sei denn, man hält zum Beispiel Ei-Pett-Eier für lebenswichtig.

Ei-Pett-Eier - is klar, oder? Kennt doch jeder.

Kaufen kann man die, glaube ich, noch nicht, aber Frauchen hat mir neulich das Rezept verraten.

Obwohl: vielleicht heißt es ja auch gar nicht Rezept, sondern Bauanleitung, oder so, denn fressen kann man die Dinger nun wirklich nicht.

Ich sehe das mit der Wortwahl nicht so eng. Ich bin eben ein Hund und kenne mich da nicht so aus, wie die Menschen.

Also Ei-Pett-Eier:

Man nehme einen Topf, Wasser, Feuer oder Feuer-Ersatz (da gibt's so Kisten, die werden oben drauf heiß), beliebig viele Eier (vom Federvieh) und natürlich ein Ei-Pett (ich glaube, Ei-Pett-Ersatz geht auch).

Zuerst muss das Wasser in den Topf, dann die Eier (oder umgekehrt), dann der Topf auf's Feuer oder den Feuer-Ersatz. Bei Verwendung von Feuer-Ersatz ist wichtig, dass er eingeschaltet wird!

Ich weiß schon, viele würden jetzt noch eine Eier-Uhr (kenn ich eh nicht) einschalten - aber die können wir in diesem Fall vergessen, wir haben ja das Ei-Pett!

Das Ei-Pett ist besonders hilfreich, wenn es ganz neu ist. - Doch man kann sich damit auch einfach bei Fehsbuck oder Juhtjuhb anmelden - bzw. bei jedem beliebigen Tschätt (??? - Hinweis von Frauchen). Dann geht auch ein altes.

Ach so, dann braucht man auch noch jemand ohne Ei-Pett (wenigstens im Moment ohne).

Dieser Jemand sollte unbedingt zuverlässig vor Ablauf von fünf Stunden auftauchen. Das heißt, bevor die Küche brennt.

Die Ei-Pett-Eier können Zweibeiner super gut als Wurfgeschoss gebrauchen. Zum Beispiel gegen Einbrecher, wenn der Hund schläft.

Sehr praktisch sind sie auch als Steinersatz für Wurfübungen in Naturschutzgebieten (voll biologisch abbaubar ohne Veränderung der Landschaft).

Also nicht direkt zur "Kommunikation" - es sei denn, man schießt damit Nachbars Fenster kaputt, zum Beispiel, weil der nie Leckerlis hat. -

"Kommunikation bai Wurfgeschoss" ist jedoch für Hunde leider nicht möglich. - Nicht nur, weil wir keine Ei-Petts benutzen, sondern einfach nur deshalb, weil Hunde nicht werfen können.

Oh, da fällt mir ein: ich hab noch gar nicht erklärt, was das komische Wort "Kommunikation" eigentlich heißt!

Ich hab's mal gugeln lassen - irgend was wie "teilen, mitteilen" oder "gemeinsam machen". - GEMEINSAM?!

Bleibt außerdem die Frage: warum gibt es eigentlich immer noch Menschen, die miteinander reden - ohne "Geräte"?

Vielleicht haben die ja keine.

*

Machen Menschen Winterschlaf?

Letzten Winter hat Frauchen sich mitten beim Gassi-Gehen einfach auf den Weg gelegt und wahrscheinlich versucht, da zu schlafen. Dabei war es dazu viel zu kalt und außerdem war der Weg so glatt, dass sogar ich als Vierradler geschlittert bin.

Herrchen wollte noch, dass sie wieder aufsteht und hat ihr extra seine Hand hingestreckt, damit es leichter geht. Aber sie war wohl zu müde und hat gewartet, bis ein tolles Tatü-Tata-Auto kam. - Wenn auch ohne Tatü-tata.

Zu dritt (!!!) haben die Männer in den roten

Jacken sie dann auf die Schippe genommen und auf ein Bett mit Rädern gelegt. - Und danach sind die doch glatt ohne mich und Herrchen weg gefahren.

Ich hab Frauchen erst viele Tage später wieder gesehen - im „kranken Haus“ (hat Herrchen gesagt).

Keine Ahnung, warum das krank ist!

Allerdings war mir das auch egal.

Wichtig war nur, meine Menschen-Mama kam endlich zurück zu mir nach Hause.

Nur, als ich mich gerade wieder so schön daran gewöhnt hatte, dass ich abends von ihr gestreichelt wurde, und nicht mehr Tag und Nacht neben der Haustür schlafen musste, damit ich nicht verpasse, wenn sie kommt, hat Herrchen noch einmal ihre Koffer ins Auto geladen und Frauchen ist schon wieder weg gefahren. - Zur „Reha“.

Ich hab mich gefragt, wer das wohl wieder ist? - Doch es war auch bloß wieder dieses „kranke Haus“.

Das einzig Gute an dem Haus sind die Türen: wenn ich rein will, gehen sie von ganz alleine auf. Wenn ich genügend Zeit habe, probiere ich das immer wieder aus. -

Die Türen wissen wirklich jedes Mal, dass ich rein will.

Meine Chefs lachen aber nur über mich, und rein darf ich trotzdem nicht. Gemein!

Wenn wir wenigstens zu Hause auch solche Türen hätten! - Aber nein, da muss ich warten, bis mir einer die Tür aufmacht.

Dabei könnte ich mir doch mein Futter selber holen. Oder die Leckerlis. Wenn keiner mit in die Küche müsste, würde ich sogar den Käse ganz allein finden. -

Selbst, wenn die Kühlschranktür nicht ganz allein aufgeht...

Ein paar Tage nach dem Türen-Test habe ich dann zum Glück Herrchens Lepptopp entdeckt und konnte mich mal wieder bei Fehsbuck melden.

Das hat Frauchen leider irgendwie gemerkt. - Dabei weiß ich doch ganz genau, dass sie nicht zu Hause war! Wie sie das wieder gemacht hat?

Manchmal ist sie mir wirklich unheimlich! - Zum Beispiel, wenn ich genau weiß, dass sie weg gefahren ist und sie plötzlich mit mir spricht, wie neulich erst. -

Ich hab sie gleich überall gesucht, aber einfach nicht gefunden.

Ihre Stimme kam, wie schon oft, aus so 'ner kleinen schwarzen Telefon-Kiste. -

Ich hoffe nur, da hat sie keiner reingesperrt!

Sicherheitshalber habe ich ihr nicht geantwortet, als sie wollte, dass ich Laut gebe. Wer weiß, am Ende ist sie es vielleicht gar nicht gewesen. Man hört ja so viel über Identitätsklau.

Aber nicht mit mir! Schließlich weiß ich genau, dass Frauchen nie und nimmer in diese kleine Kiste passt! - Und falls sie es doch gewesen sein sollte, schadet es ihr gar nichts, dass ich nicht Laut gebe. Warum lässt sie mich mit Herrchen alleine?

Herrchen hat über meine Skepsis nur gelacht und mir erzählt, dass Frauchen brav nach meinen Ideen weiter an meinem Buch schreibt.

Wäre ja auch noch schöner, wenn ich mich nicht mal mehr in DER Beziehung auf sie verlassen könnte, denn ihren Lepptopp nimmt sie schließlich immer mit! -

Und mich?

Weiber!!! (Sagt Herrchen auch immer.)

Dass mir dieses ganze schwarze-Kastl-und-Kompjuter-Zeugs nicht ganz geheuer ist, muss ich wohl von Herrchen haben. - Der spielt lieber mit Hubschraubern oder mit Flugzeugen. Die hat er in ganz vielen kleinen Koffern, und das sind die einzigen Koffer, die mir keine Angst machen. -

Nein, nicht was Ihr denkt! -

Ich fürchte mich NATÜRLICH nicht vor diesen Stoffkisten auf Rädern, die bei uns immer mal wieder auftauchen.

Sie kommen ganz scheinheilig mit Herrchen die Treppe herunter und meinen, ich weiß nicht, was das bedeutet. Dabei ist das wirklich einfach: die großen bunten aus Stoff werden ins Auto gepackt und dann verschwinden Frauchen oder Herrchen.

Manchmal auch beide.

Sie sagen ja immer, sie kommen gleich wieder, aber mich können sie nicht täuschen: wenn sie bald wieder da sind, nehmen sie keine Koffer mit!

Aus dem Grund werde ich schon immer ganz traurig, wenn ich höre, dass sie die Dinger oben hervorholen und packen. Da muss ich sie noch gar nicht sehen.

Wenn meine Zweibeiner das mitkriegen, wundern sie sich jedes Mal, woher ich schon wieder Bescheid weiß. Da merkt man gleich, dass sie nicht halb so gute Ohren haben, wie ich.

Manchmal sagen sie dann: "Wir nehmen dich ja mit!" - dann bin ich froh und fange sofort an, dafür zu sorgen, dass es schneller geht.

Doch sie lassen sich nicht antreiben.

Ich hab wirklich schon alles versucht. Keine Chance.

Zuerst frühstücken sie ganz in Ruhe, dabei kann man locker auch mal ohne Futter auskommen.

Mir macht das zum Beispiel gar nichts aus. Darum würdige ich meine Schüsseln dann auch keines Blickes.

Ich warte lieber an der Treppe oder vor der Garage. Wenn das Auto schon offen ist, steige ich sogar schon ein, damit sie mich auch wirklich nicht vergessen.

Mein Frauchen sagt nämlich oft:

"Irgendwas vergesse ich immer" - und ich habe keine Ahnung, ob Herrchen mich auf seiner "Scheckliste" hat, wo er immer alles aufschreibt, was er mitnehmen will.

Deshalb verlasse ich mich lieber auf mich selbst.

Allerdings haben die Beiden was dagegen und zwingen mich jedes Mal, wie sie, erst zu frühstücken. Und bevor es endlich los geht, muss ich auch noch was saufen. Aber der Höhepunkt ist dann, dass sie verlangen, dass ich vor dem Einsteigen noch mal pieseln gehe! -

Bin ich etwa ein Mensch, oder was? -

Jedenfalls: an der Stelle spiele ich nicht mehr mit. Reicht schon, dass Frauchen nicht ohne einsteigen kann!!! Menschen eben!

Nur blöd, dass sie manchmal so viel Zeugs im Auto mitnehmen, dass etwas davon sogar hinten bei mir liegt und mir MEINEN Platz wegnimmt.

Ich hab mal versucht, dagegen zu protestieren und bin nicht gleich eingestiegen, als sie "Charly einsteigen, hopp!" gerufen haben. Da haben sie mir doch glatt gedroht, MICH zu Hause zu lassen. MICH!!! Stellt Euch das mal vor!

Aber leider kenne ich sie. Die kriegen das am Ende noch wirklich fertig. Deshalb habe ich nachgegeben. Dabei tun sie sonst immer so, als ob sie meine Eltern wären. Tun Eltern so was?

Also, wenn ich Kinder hätte, ich würde sie überall hin mitnehmen.

Und frühstücken und saufen und pieseln dürften sie auch, wann und wo sie wollen. -

Wenn sie sonst immer schön hören!

*

Erziehung ist Männersache!

Überhaupt: Kinder.

Ihr wisst ja, das ich Kinder liebe, allerdings nicht alle gleich.

Es gibt nämlich welche, die sind NEIN.

Das sind die ganz kleinen, die, die noch nicht allein laufen können. Bäbies sagen die Menschen dazu.

Eigentlich finde ich es ja doof, dass ich mit denen nicht spielen darf. Die sind SOOO niedlich. Würden glatt in mein Körbchen passen. -

Aber da sind sich komischerweise ALLE Menschen einig: ich darf nicht mal in den Kinderwagen schauen.

Wenn ich genau darüber nachdenke, legen die Menschen ihre Bäbies sicher extra deshalb in den Kinderwagen, damit sie sie ganz für sich allein haben, denn dass sie nicht laufen können, glaube ich nicht. Schließlich können ganz kleine Hunde ja auch laufen und brauchen keine Körbchen mit Rädern.

Dass die Menschen, vor allem die Mamas, ihre Bäbies ganz für sich haben wollen, weiß ich ganz genau, seit ich welche gesehen hab, die ihre Bäbies den ganzen Tag mit sich rumtragen.

Das ist bei uns Hunden GAANZ anders.

Oder habt Ihr schon mal 'ne Hundemutter gesehen, die ihre Kleinen spazieren trägt? Meine hatte neun "Bäbies" gleichzeitig. Neunlinge würden die Menschen wohl sagen, glaube ich. Stellt Euch die mal in so 'nem Tragetuch vor.

Schmarrn halt!

Deshalb können wir Hunde auch gleich laufen.

Meschenbäbies sind mir aber trotzdem lieber, als Hundekinder. Die sind mir zu quirlig und wollen immer nur rennen. Besonders die Mädchen. Dabei sind sie für richtige Wettrennen noch viel zu langsam. Darum mache ich lieber einen großen Bogen, wenn ich auch nur rieche, dass mein vierbeiniges Gegenüber noch nicht das erforderliche

Mindestalter erreicht hat. Egal, wie gern ich Spielkameraden sonst habe.

Bei den HundeJUNGS ist das was ganz anderes. Die müssen schließlich mal richtige Rüden werden, so wie ich. Und ohne meine wertvollen Beiträge zu ihrer Erziehung würden sie das sicher nie schaffen, so ganz ihren Menschen ausgeliefert.

Die zeigen ihnen doch nie im Leben, wie ein Rüde richtig um seinen Platz als Rudelführer kämpfen muss!

Lieber überlassen sie ihrem Liebling den Platz freiwillig.

Aber das rächt sich!

Spätestens, wenn die Menschen erwarten, dass ihr Hund sie beschützt, hat der keine Ahnung, wie das überhaupt geht. Es ist, wie bei manchen Menschen-Kindern: jahrelang dürfen sie die Bestimmer sein und dann wundern sich die Eltern, wenn ihre Süßen nicht mal rechnen können.

Also rechne ich sicherheitshalber mit der Unzulänglichkeit der Menschen-Eltern, opfere meine wohlverdiente Ruhe und helfe bei der Erziehung der kleinen Rüden.

Zuerst einmal zeig ich ihnen, wie das geht mit der Unterwerfung. Auf den Rücken legen, und so.

Die erste Lektion ist einfach, angeboren sozusagen: ich leg die Knirpse auf den Rücken. Kunststück, ich bin ja sooo groß und sie sind viel kleiner.

Deshalb kommt dann gleich Lektion zwei: Die Kleinen müssen MICH auf den Rücken legen. Können sie natürlich noch nicht. Da leg ich mich halt selbst auf den Rücken und tu so, als hätten sie das geschafft. Klappt prima - bei Rüden.

Mit den Weibsen darf man das selbstverständlich nicht machen, die nutzen männliche Schwäche sofort glashart aus.

Sagt Herrchen. Und der muss das ja wissen. Schließlich ist er viel älter als ich und kennt viel mehr Frauen.

Das merke ich jedes Mal, wenn er mit mir Gassi geht. Alle paar Schritte darf ich auf ihn warten, weil er ratschen muss. Meistens mit Frauen.

Er behauptet ja immer, das liege nur daran, dass einfach mehr Frauen als Männer mit ihren Hunden unterwegs sind. Wer's glaubt!

Nur eins verstehe ich nicht: warum überlassen die meisten Menschen-Männer das mit der Erziehung komplett den Frauen?

Vielleicht sollte ich mal 'nen Kurs anbieten?

Für Männer natürlich, nur für Männer.

*

Männersache - Frauensache - was ist daran so schwer?

Manche Sachen sind dagegen eindeutig echte Frauensache! - Zum Beispiel: im Sitzen pieseln.

Kein Rüde, der was auf sich hält, würde sich irgendwo am Straßenrand, im Park oder im Wald hin hocken, um sein "Pfützchen" zu machen.

Man kann ja nie wissen, wer da gerade zuschaut...

Außerdem kann man sich das beim Bein-Heben viel besser einteilen und viel mehr Stellen markieren, um anderen Hunden zu sagen: hier ist mein Revier, ja, staunt nur, wie stark ich bin!

Das mache ich natürlich auch so, schließlich bin ich ein Riese, das sollen ruhig alle wissen. So machen sie schon mal keinen Stress und ich hab meine Ruhe.

Zu Hause ist das eine ganz andere Sache. Da hat eh Frauchen das Sagen, dann kommt Herrchen und alle anderen Zweibeiner meines Rudels. Und wenn sie sich ordentlich benehmen, auch noch die Nachbarn und Besucher.

Warum soll ich mich also dort anstrengen, um auf drei Beinen zu stehen beim Pieseln? Hinhocken ist doch VIEL bequemer - und von den anderen Hunden sieht‘s eh keiner!

Da könnten die Menschen wirklich noch einiges von uns Hunden lernen.

Na gut, die Männer bemühen sich ja schon, muss ich zugeben.

Herrchen ist allerdings noch ein bisschen zaghaft und trainiert das mit dem Markieren meistens nur im Dunklen mit mir zusammen. Und nie am Straßenrand oder im Park.

Zu Hause ist er mutiger - dabei halte ich DAS nun wiederum für total unsinnig.

Frauchen ist nämlich überhaupt nicht beeindruckt - obwohl DIE sich IMMER hinhockt.

Meinetwegen müsste Herrchen sich auch nicht so

verstellen. Andere Menschen-Männer sind da wirklich schon weiter und machen es genau wie ich.

Aber vielleicht lernt er es ja noch.

Ich hab jedenfalls von den Menschen schon 'ne Menge gelernt.

Da ist zum Beispiel die Sache mit der Technik.

Was ich davon halte, hab ich schon geschrieben und zuerst dachte ich ja, es liegt daran, das ich ein Hund bin. Inzwischen habe ich noch mal nachgedacht und glaube, es liegt daran, dass sie eher so ein Frauending ist, diese ganze Kommunikationstechnik.

Männer brauchen eigentlich gar keine.

Kommunikation meine ich.

Das merkt man sofort, wenn man den Menschen ein bisschen auf's Maul schaut: Männer nennt man doch nicht "oide Ratschn". Auch "Tratschonkel" hab ich noch nie gehört. -

Kein Wunder also, dass Frauen sich mit Kompjutern und Quatschkästen besser auskennen.

Nur mein Frauchen versucht ständig, Herrchen dazu zu zwingen, sich mit diesem Weiberkram abzugeben. Vielleicht lernt SIE ja irgendwann noch, das das Unsinn ist.

Er ist ein MANN!

Er muss Männersachen machen, so wie ich!

Also auf die Wiese gehen, mit Freunden spielen, sich streicheln lassen, ganz brav sein und wenn man nicht bettelt, sondern so tut, als würde man schon fast einschlafen, gibt's auch Leckerli von Frauchen.

Manchmal. -

Wenn man schön seinen Joghurtbecher aufgeräumt hat.

Das übt Herrchen noch.

Ich kann das schon. Wenn ich will, sogar ohne Aufforderung.

Ob er das auch kann, wenn er will?

Ohne extra Aufforderung, meine ich.

Vielleicht hat er ja bloß das mit den Leckerlis noch nicht erkannt. Dabei ist das doch so einfach.

Oh, oh! Ich merke gerade, jetzt könnte ja glatt einer denken, mein Herrchen hat keine Ahnung von Technik.

Das ist natürlich ein Schmarrn.

Das mit den Propellerfliegern hab ich bereits erwähnt, aber das ist natürlich nicht alles.

Er kennt sich auch wirklich super mit solchen Krach-mach-Maschinen aus. Die hat er in seiner Werkstatt.

Dort darf ich sogar mit rein. Vermutlich allerdings nur, weil ich sowieso immer gleich wieder raus gehe. Ist mir zu laut da drin. Ich kontrolliere höchstens mal, was Herrchen macht.

Einmal hab ich nicht aufgepasst - und plötzlich stand bei uns im Hof ein neues Haus.

Na ja, es war kleiner als das Haus, in dem wir wohnen.

Ich wollte es deshalb eigentlich einfach ignorieren.

Aber Herrchen und Frauchen sahen das wohl etwas anders und - na ihr wisst ja!!! - Jedenfalls hatten sie sich doch tatsächlich in den Kopf gesetzt, dass ICH in das Haus einziehen sollte. ICH!!!

Wahrscheinlich wollten sie mich loswerden!

Da war nun guter Rat teuer: einerseits interessierte mich die Hütte kein bisschen, andererseits hab ich ja bei den beiden nur 'ne Chance, wenn ich schön auf sie höre.

Was also tun?

Blöde Frage, natürlich legte ich mich brav in die Hütte. - Nachdem Frauchen mich mit einem Leckerli rein gelockt und dann zum Hinlegen gezwungen hatte.

Doch ich war ja schon lange ein erwachsener Hund und wusste, dass sie sich nicht ewig daneben stellen würde - so ganz ohne Sitzgelegenheit.

Kaum war sie im großen Haus, verdrückte ich mich aus dem kleinen.

Das ging noch ein paar Mal so.

Ich muss sagen, ich hatte schon Angst, sie würde nie aufgeben. Aber irgendwann hatte sie wohl keine Lust mehr zu dem Spiel. Und Herrchen auch nicht.

Vor Kurzem hat Herrchen meine "Villa Charly" verschenkt.

Ausgerechnet an die kleine Nervensäge, die minderjährige Mala von Herrchens bestem Freund. Ist höchstens ein Jahr alt, viel zu jung für mich! -

Aber, wenn ich so drüber nachdenke, ist das vielleicht die Strafe dafür, dass Mala immerzu mit mir spielen will und einfach keine Ruhe gibt.

Jetzt hätte ich doch beinahe 'ne ganz wichtige Männersache vergessen, vielleicht die wichtigste überhaupt. Eine, für die Frauen nun aber wirklich nicht geeignet sind: den Hausputz.

Na ja, ehrlich gesagt, ich muss zugeben, dass Herrchen und Frauchen dabei schon 'ne gewisse Arbeitsteilung haben: Herrchen arbeitet und Frauchen teilt. Ein. Die Arbeit.

Herrchen ist damit sehr zufrieden.

Weil Frauchen immer denkt, er müsse von allein merken, was zu tun ist, kontrolliert sie nämlich nicht oft.

Und dann macht er das, was jeder Hund auch macht: wenn keiner hinschaut - nichts.

Frauchen hat nun wohl gemerkt, dass Herrchen

nicht so den rechten Spaß beim Putzen hat. Und sich überlegt, wie sie das ändern kann.

Was macht Männern Spaß? - Außer spielen?

Okay, ein Tipp: es ist kleiner als sie, rund und rot.

Herrchens Putzhilfe heißt Emma.

Als er sie mir vorgestellt hat, hab ich sie nur kurz beschnuppert und bin dann zur Tagesordnung übergegangen.

Sie hat nämlich keine Anstalten gemacht, mich zu streicheln. Ist bloß weiter durch die Küche gehuscht und hat meine Haare weggeputzt. Soll sie ruhig.

Frauchen scheint zufrieden zu sein - obwohl sie seitdem öfter kontrolliert, ob Emma alles richtig macht.

Herrchen aber ist TOTAL begeistert: Emma macht die Arbeit, die er freiwillig übernommen hat, er kann derweil sogar auf die Wiese gehen, sie schimpft nie und vor allem: sie weiß nicht alles besser!!!

Hoffentlich denkt er nicht drüber nach, sie ganz gegen Frauchen einzutauschen! -

Emma hat doch keine Hände zum Streicheln und Leckerlis verteilt sie auch nicht!

Und die meiste Zeit hängt sie nur rum. Dabei hat sie noch nicht mal ein anständiges Körbchen! -

Nur Staub saugen kann sie prima.

Ihr Futter holt sie sich mit 'ner Schnur aus der Wand, glaube ich.

Sehr komisch...

*

Ich liebe Einkaufszentren

Nach dem Abendessen heißt es bei uns oft:

„Charly, komm mit in die Stube!"

Dann passiert fast immer das Gleiche: Herrchen versucht Frauchen eine Freude zu machen und holt seinen Ei-Pett-Ersatz raus. Er tut so, als würde er Kommunikationstechnik lernen. In Wirklichkeit sucht er nur neue Teile, weil er schon wieder 'nen Flieger geschrottet hat.

Da sagen sie immer: Fliegen heißt landen - warum macht er's dann nicht, sondern übt

Kamikaze?

Frauchen schnappt sich derweil ihren Lepptopp und "arbeitet" (Ich hoffe in dem Fall immer, sie schreibt an meinem Buch.)

Und mir machen sie den "Fernseher" an.

Ich tue dann so, als wenn's mich interessiert - und schlafe mich erst mal richtig aus, so wie sie beide, wenn Lepptopp und Ei-Pett-Ersatz aus sind.

Manchmal kann ich nicht gleich einschlafen und beobachte ein bisschen die kleinen Menschen in der Fernsehkiste.

Da hab ich schon 'ne Menge gehört - vor allem 'ne Menge Quatsch. Zum Beispiel behaupten sie doch glatt immer wieder, Frauen würden so gern "schoppen" gehen. -

Zuerst hab ich gar nicht verstanden, was sie damit meinen. Inzwischen glaube ich, es soll „einkaufen“ heißen. Deshalb halte ich diese Schopping-Geschichte auch für 'ne Fernseh-Falschmeldung.

Na ja, in irgendwelche großen Einkaufszentren fahren wir natürlich auch manchmal.

Aber ich weiß genau, dass wir das nur tun, weil es HERRCHEN solchen Spaß macht. Er kommt dann auch fast immer mit vielen großen Tüten nach Hause und Frauchen eher mit neuen Geschichten. Sie beobachtet nämlich genau so gern die Menschen, wie ich.

Erst neulich waren wir wieder mal unterwegs.

Andi war mit. - Ich glaube, der ist auch ein Menschen-Bruder von mir. Er sagt jedenfalls zu Herrchen immer Papa.

Frauchen hatte beschlossen, dass Andi ganz dringend ein paar neue Sachen braucht. Andi meinte zwar zuerst, er braucht keine, aber ich habe den Verdacht, er will sich genau wie ich nicht mit Frauchen-Mama anlegen und so hat er ihr nicht allzu lange widersprochen.

Als Herrchen dann sagte, dass er mitfährt, wurde Andi schon ziemlich fröhlich - richtig glücklich sah er aber erst aus, als er hörte, dass auch ich mit durfte.

Familienausflug also.

Genau genommen sogar eine Auslandsreise. Nach Innsbruck. Aber die Leute reden da fast wie bei uns. Komisches Ausland.

Fremdsprachen brauchten wir also nicht - außer mir natürlich, aber für mich ist Deutsch ja die Zweitsprache (die ich allerdings deutlich besser verstehe, als ich sie spreche).

Trotzdem - so ein Ausflug soll ja allen Spaß machen.

Was mich betraf, hatte ich daran keine Zweifel: Mir fallen beim Thema Einkaufszentrum sofort ein paar lustige Sachen ein: Leckerlis, viele Streicheleinheiten und Kinder zum Spielen - oder andere Hunde.

An diesem Tag machte mir der Ausflug dann auch

besonders viel Spaß. Ich durfte nämlich mit rein ins Einkaufszentrum. So ein Glück habe ich leider nicht immer. Manchmal muss ich im Auto warten. Gut, dass es im Parkhaus immer was zu sehen gibt.

Mit Einkaufen gehen, ist trotzdem lustiger.

Es gibt in solchen Einkaufszentren zum Beispiel oft so tolle Hochhebe-Zimmer: zwar ohne Teppich, aber dafür ganz aus Glas. Dann kann ich sogar sehen, wie uns das Zimmer nach oben bringt. OHNE Treppen.

Warum haben wir nur zu Hause so was nicht?

Das mit den Knöpfen, die die Menschen immer drücken, kann ich doch Ratzfatz lernen. Schließlich bin ich ja kein dummer Hund!

Aber nein, ich muss immer diese blöde Gittertreppe hoch laufen, wenn ich wieder ins Haus will.

Eine andere Sache, die mir beim Einkaufen großen Spaß macht, sind Spiele.

Nein, nicht so was wie Stöckchen werfen oder Schneebälle fangen. -

Ich denke eher an richtige Menschenspiele. Sowas wie in der Fernsehkiste, nur ohne Kiste.

Immer noch nicht klar, was ich meine?

Okay, dann mal ein Beispiel:

Einkaufen mit Andi.

Kaum sind wir aus dem Auto gestiegen, geht es los! Rein in das Einkaufszentrum. Kurze Lagebesprechung, wo wir anfangen. Also oben.

Zuerst spielen wir das „falsche-Wörter-Spiel“: Frauchen sagt was von Fahrstuhl, doch da ist überhaupt kein Stuhl, der fahren kann.

Doch ich kenne das Spiel ja schon und laufe zu dem tollen Hochhebe-Zimmer aus Glas. Herrchen habe ich an der Leine, sonst würde er sich bestimmt verlaufen in dem großen Haus. Und Frauchen nie wieder finden, wenn die „nur mal schnell was schauen“ will.

Oben spielen wir das „Scheich-mit-Gefolge-Spiel“:

Diesmal darf Andi der Scheich sein und als Erster gehen. Frauchen immer brav drei Schritte hinter ihm, wie sie es von Herrchen gelernt hat. Wenn sie nicht mag, schaltet der nämlich immer auf Sturmschritt.

Aber beim Einkaufen mit Andi klappt es.

Frauchen spielt ihre Rolle perfekt. Reicht dem Scheich interessante Sachen, räumt sie wieder auf, wenn sie ihm nicht gefallen und weicht nicht von Scheich Andis Fersen.

Herrchen und ich sind die Bodigards. Klar, eigentlich sind wir zu wenig Bodigards und Herrchen ist unbewaffnet – aber dafür hab ich große Zähne - und bei den echten Scheichs ist ja auch beim Einkaufen immer mehr als eine Frau dabei.

Uns reicht allerdings EIN Frauchen.

Nach drei Läden findet Herrchen das Scheichspiel aber schon ziemlich langweilig und fängt heimlich ein anderes Spiel an – ohne Frauchen zu fragen.

Das Hundeprofi-Spiel.

Spielt er oft, wenn er mit mir unterwegs ist.

Das Hundeprofi-Spiel wird Herrchen nie langweilig. Interessierte Mitspieler findet man nämlich überall.

Vor allem Frauen.

Statt sich um seine Bodigard-Rolle zu kümmern, schaut er also zuerst mal in die Runde, ob irgendwo eine Frau nach mir guckt.

Wenn ja, geht es sofort los.

Wenn nicht, müssen wir zuerst mal Mitspieler kaasten. Wir haben da schon Übung: ich mache den braven Hund und Herrchen lobt mich dafür ganz laut – vorzugsweise direkt neben den potentiellen Mitspielerinnen.

Wenn das nicht zieht, machen wir die Nummer mit der Nase: Herrchen sagt laut „Nase!“ legt mir ein Leckerli auf meinen Nasenrücken und befiehlt „Bleib!“. Besonders in der Dessous-Abteilung macht das ungeheuer Eindruck! Auch direkt neben einem Eiscafe bekommen wir so die volle Aufmerksamkeit jeder gewünschten Mitspielerin.

Vor Kurzem haben wir noch eine dritte Variante

entdeckt. Die ist besonders geeignet, wenn unsere gemeinsame Chefin nicht gleich merken soll, was bei uns gepielt wird.

Die Ohne-Worte-Variante sozusagen.

Ich hab ein neues Geschirr, da kann man an beiden Seiten solche Schilder dran machen, auf denen zum Beispiel der Name des Geschirr-Trägers steht, oder wichtige Mitteilungen an das Publikum, wie „Kampfschmuser“ oder, bei Minihunden sehr beliebt, „Bodigard“.

Bei mir steht „Therapiehund“ - weil meine Therapie gegen Hundeangst bei Menschen inzwischen schon weit über die Grenzen unseres kleinen Ortes hinaus bekannt ist.

Der Nachteil bei der Anwendung der Ohne-Worte-Variante in Einkaufszentren ist leider: man kann sie nur in den breiten Gängen anwenden, wo die Kandidatinnen die Schrift auf dem Geschirr auch lesen können.

Falls wir das Kaasting beim Tchibo oder mitten zwischen Kleiderständern starten wollen, nehmen wir deshalb einfach „Nase!“ oder „Braver Hund!“. -

Da sind wir flexibel.

Auch diesmal brachte uns das Spiel wieder die Bekanntschaft einiger netter Damen ein.

Herrchen beantwortete geduldig die Fragen an den Hundeprofi und ich genoss inzwischen die bewundernden Blicke der Damen und die extra Streicheleinheiten.

Na ja, von den Blicken bekam er auch welche ab. Ich bin da nicht so.

Natürlich waren die beiden Scheichweiterspieler inzwischen verschwunden.

Das Damenprogramm hatte Herrchens volle Aufmerksamkeit erfordert, und nun wusste er nicht, wo er unseren Andi-Scheich und die Scheichfrau spielende Chefin suchen sollte.

Er hasst suchen! - Ich nicht! Trotzdem wartete ich brav seinen Befehl ab.

„Charly, such das Frauchen!" -

Sein „Der Hundeprofi hilft"-Vortrag war mir eh schon zu lang geworden.

Zumal die Rat suchenden Damen dadurch sehr von mir abgelenkt wurden und mir ihre Streicheleinheiten ziemlich unkonzentriert zukommen ließen. Blödes Spiel!

Da war das Suchspiel schon besser. DABEI konnte mir keiner die Schau stehlen. Menschennasen sind wirklich zu nichts gut.

Ich also meine Nase an den Boden - und ehe Herrchen wieder eine Chance hatte, den Hundeversteher zu geben, standen wir neben den verloren Geglaubten.

Später hatte ich dann noch einmal die Gelegenheit, meine Suchkünste zu zeigen.

Dieses Mal unter erschwerten Bedingungen. Die

Ausreißer waren inzwischen eine Etage tiefer. -

Ich muss wohl nicht extra betonen, dass ich sie auch dort fand. Selbst die leckeren Düfte nach Käse und Hähnchen konnten mich nicht daran hindern. Ich ging immer MEINER Nase nach – und als die mich an die „NEIN!“-Rollwege brachte, suchte ich schnell das Hochhebe-Ding.

Zum Glück verstand Herrchen das.

Und zum Glück hatte uns ja das Ding vorher ganz hoch gehoben. Nun MUSSTEN wir nach unten. Denn das mit den Knöpfen hätte ich doch noch nicht geschafft.

Na mal sehen, vielleicht kann ich das dann beim nächsten Einkauf lernen.

*

Lernen, lernen, nochmals lernen

Mit dem Lernen ist das so eine Sache. Da wollen, wie immer, meine Menschen die Bestimmer sein. Was ich lerne. Und wie, wo und wann.

Manchmal frag ich mich, warum?

Denken sie vielleicht, ich lerne nur, weil SIE es wollen? So ein Unsinn!

ICH lerne nur, weil ICH es will! - Allerdings habe ich keine Ahnung, ob Menschen überhaupt mit dieser Wahrheit umgehen können. Ich hab sogar mal gehört, dass jemand ein Buch darüber geschrieben hat: „Schwierigkeiten mit der Wahrheit“ heißt es. -

Um allen Schwierigkeiten aus dem Wege zu gehen, und nicht unangenehm aufzufallen, lasse ich meine Zweibeiner also in dem Glauben, dass ich nur für sie lerne. Meistens jedenfalls.

Als ich noch klein war, glaubte ich nämlich, meine Familie hätte mich bei sich aufgenommen, WEIL sie Eigeninitiative und Selbständigkeit zu schätzen wüsste. Aber weit gefehlt!

Nicht nur, dass ich keinen Zugang zu den wirklich bildungsrelevanten Massenmedien bekam (Zeitungen und Bücher sind NEIN!), nicht in die Schule gehen durfte (die drei Mal waren noch nichtmal ein Schnupper-Praktikum) – nein, selbst von der Montessori-Methode „Hilf mir, es selbst zu tun!“ wollen meine Unterdrücker nichts wissen!

Statt dessen haben sie versucht, aus mir einen Befehlsempfänger zu machen, der ihnen die niederen Küchenarbeiten abnimmt (Ich sage nur: JOGHURTBECHER!) - oder einen Hanswurst, der auf Befehl Kunststücke vorführt.

Schöne Hundeversteher!

Damals vor sieben Jahren war mir das allerdings noch nicht klar. Ich versuchte immer und überall von meinen Menschen-Eltern zu lernen.

Da war zum Beispiel die Sache mit den störenden Treppengittern:

Die Chefin hatte irgendwo gelesen, dass junge Hunde auf keinen Fall Treppen rauf oder runter gehen sollten. Nun gibt es aber in unserem Haus überall welche. Treppen, meine ich. Anfangs war ich ja gar nicht böse, denn Frauchen nahm mich immer auf den Arm, wenn wir über eine Treppe mussten. Herrchen auch. Doch nach ein paar Futtersäcken war ich schon so groß und schwer, dass meine Süße ganz schön zu schleppen hatte und bald ließ einfach ihre Kraft nach.

Meine nicht. Vielleicht hätte sie ja auch lieber MEIN Futter fressen sollen, statt mich ständig mit dem ziemlich lecker riechenden Nein-das-ist-Menschen-Futter zu ärgern.

Jedenfalls wurde ich immer stärker und größer. Bei meiner Erzieherin war es eher das Gegenteil.

Schon gleich nach meiner Ankunft hatten meine Menschen-Eltern das Haus kindersicher gemacht. Alle Treppen bekamen ein Kindergitter, damit ich ja nicht auf dumme Ideen käme.

Doch je stärker ich wurde, desto mehr störten mich die blöden Gitter. Deshalb sah ich immer genau hin, wie meine Chefs die Dinger auf machten.

Nachts hatte ich Zeit, heimlich zu üben und eines schönen Tages präsentierte ich meinen Beiden stolz, was ich gelernt hatte. Ganz allein!

Ich steckte meine inzwischen schon fast riesige Schnauze zwischen die beiden richtigen Gitterstäbe, drehte den Kopf in die richtige Richtung und hob ihn dabei ein bisschen an.

Schwupps! Die Gittertür ging auf!

Stolz wartete ich auf mein Leckerli und meinen Lieblings-Frauchenspruch „Suuuper, Charly!“

Aber nichts von Beidem kam. Statt dessen hörte ich, wie Frauchen zu Herrchen sagte:

„Du musst dringend Riegel an die Treppengitter bauen, Charly hat entdeckt, wie sie auf gehen.“

Herrchen wollte es zuerst nicht glauben, nicht mal, als Frauchen es ihm genau erklärte.

Ich habe den Vedacht, Herrchen kennt Frauchen einfach nicht so gut wie ich. Sonst würde er ihr nicht immer widersprechen.

Dabei ist DAS nun wirklich überflüssig. Erstens hat sie fast immer Recht und zweitens gibt sie NIE nach.

Sie ist eine FRAU!

Ja, klar sind Männer das „starke Geschlecht“ - aber Frauen sind stärker! -

Ich vermute, sie haben einfach die stärkeren Waffen.

Aber zurück zu den Treppengittern.

Diesmal war die Sache einfach: Frauchen gab mir die Erlaubnis, meine neu erworbenen Fähigkeiten zu demonstrieren und schon war Herrchen überzeugt.

Leider hatte er auch so komische Zusperr-Dinger, die sie Riegel nennen, in seiner Werkstatt. Und aus war's mit meiner neu errungenen Freiheit.

Die Beiden beobachteten sehr zufrieden, wie ich vergeblich versuchte, die Tür aufzusperren.

Natürlich konnte ich diese Schmach nicht auf mir sitzen lassen:

Ein Riese, der an einem simplen Gitter scheitert!

Springen kam leider nicht in Frage, denn hinter dem Gitter ging es ja treppab.

Ein dummer Hund wäre sicher an der Aufgabe verzweifelt oder hätte schlicht und ergreifend die Überlegenheit der Zweibeiner anerkannt.

Ein DUMMER Hund schon!

Außerdem war ich mir auch nicht ganz sicher, ob Frauchen meine Lernfähigkeit vielleicht nur testen wollte.

IQ-Tests sollen ja bei Menschen sehr beliebt sein.

Am nächsten Tag präsentierte ich ihr deshalb – immer noch stolz – dass ich auch mit der neuen Situation, genannt Riegel, fertig wurde.

Eigentlich war das gar nicht so schwierig. Ich hatte nur jedes Mal, wenn einer meiner Zweibeiner die Treppe benutzen wollte, zuschauen müssen, wie sie den Riegel auf bekamen. Durch Zur-Seite-Schieben.

An Stelle der mir leider fehlenden Hände setzte ich meine Zähne ein.

So, wie Herrchen, wenn er seine nicht

vorhandenen Fingernägel ersetzen muss. Er macht auch manche Sachen mit den Zähnen auf.

Ich sag nur: von den Menschen lernen, heißt siegen lernen! -

Vorausgesetzt, Hunde können die entsprechenden Sachen nicht von Haus aus besser...

Leider brachte mir auch diese Lösung nicht die erhoffte Belohnung. Statt dessen zeigte mir Herrchen, wo der Hammer hängt – beziehungsweise, dass Gewalt manchmal doch eine Lösung ist. Er schlug mit dem Hammer auf den Riegel.

Dummer Weise bekamen danach meine Menschen den Riegel nur noch zu zweit auf.

Ich lernte daraus zweierlei: Menschen haben offenbar Probleme, mit Hochintelligenten umzugehen - und Einzelkind – äh Einzelhund – sein ist doof.

Genau genommen lernte ich sogar noch mehr: vor allem zeige ich inzwischen nicht mehr sofort jedem, was ich alles kann. Ein paar Mal ging das nämlich noch schief und immer war ich am Ende der Dumme.

Zum Beispiel bei der Sache mit den Türklinken. Wie ja jeder weiß, sind Riesenschnauzer nun mal keine Zwerge. Das hat im Zusammenleben mit Zweibeinern auch durchaus seine Vorteile.

So kann ein ausgewachsener Riesenschnauzer wie ich ohne Mühe seine Schnauze auf jeden normalen

Tisch legen. Ich rede von den Dingern, auf die die Menschen ihre Futterschüsseln stellen oder ihre so genannte Arbeit. Kompjuter und ähnliches Zeugs. -

Nee, is klar, meine Chefs sehen das nicht wirklich als Vorteil. Aber das ist Ansichtssache.

Ein weiterer Riesenschnauzer-Vorteil ist es aus meiner Sicht, dass auch die Höhe von Türklinken auf unsere Körpergröße abgestimmt ist.

Das nennt man Er-Go-No-Mie! - Was die Menschen immer für schwierige Wörter brauchen!

Als erwiesenermaßen hochbegabter Hund kann ich wichtige Probleme auch lösen, ohne so geschwollen daher zu reden. Ich rede genau genommen überhaupt nicht. Ich tu's einfach.

Geht viel schneller! Außerdem kann man sich nicht blamieren, weil man die Schnauze zu voll genommen hat. - Man redet schließlich nicht mit vollem Maul! Oder höchstens, wenn man sonst nie zu Wort kommt.

Wie Frauchen.

Jedenfalls hab ich keinen Mucks gesagt, bevor ich zum ersten Mal ganz allein eine Tür aufgemacht hab. Was hätte ich auch davon gehabt, laut „Ich will hier raus!“ zu bellen?

Wie die Geschichte der Menschheit zeigt, hätten sie es mir wahrscheinlich nur extra schwer gemacht.

In Herrchens Büro konnte ich endlich mal mit den bunten Malstöckchen spielen. - Na ja, geschmeckt haben sie nicht besonders und zum Knabbern waren sie eigentlich zu dünn.

Aber was nimmt man nicht alles in Kauf, wenn etwas verboten ist?

Frauchen war am nächsten Morgen ganz schön sauer – mit Herrchen. Weil der angeblich die Bürotür offen gelassen hätte.

Dabei war ICH das! -

Aber es hat schon was, wenn jemand anders dafür ausgeschimpft wird!

Herrchen war darüber auch nicht halb so traurig, wie ich es gewesen wäre: er ließ nicht mal seine Ohren hängen. Also nicht so schlimm!

Irgendwie muss der Anranzer Herrchen aber doch gewurmt haben. Von dem Tag an kontrollierte er immer alle Türen, bevor er in sein Körbchen ging.

Als das nächste Mal die Bürotür am Morgen offen stand, hatten sie dann doch mich beim Wickel.

Dabei war ich extra NICHT in die Küche gegangen. - Na ja, ehrlich gesagt, war es vor allem, weil sie da inzwischen immer gleich alles vor mir versteckten, wenn sie nicht selbst in der Küche waren. Nicht mal an meine eigenen Leckerlis durfte ich alleine ran!

Und bei den Küchenschränken hatten sie die Er-Go-No-Mie wohl vergessen. Barrierefrei geht anders. Eben so, wie bei den Türklinken!

Aber auch auf die war kein Verlass. Als ich in der nächsten Nacht wieder auf Entdeckungsreise durch das Haus gehen wollte, war plötzlich nix mehr mit Türklinke runter drücken. Die Dinger zeigten nämlich auf einmal alle nach oben. Gemeinheit!

Mir war sofort klar, dass meine Türöffner mich nur ärgern und sich unabkömmlich machen wollten.

Aber nicht mit mir!

Probleme sind schließlich extra dafür da, dass man sie löst. Hat die Chefin mal verraten.

Ich also ran an die Lösung. Runterdrücken ging nicht.- Aber ich hatte ja Erfahrung mit den doofen Treppengittern. Die gingen doch mal mit der Schnauze auf.

Probieren geht über studieren – erst recht, wenn man, wie ich, nicht lesen kann.

Da nützen dann selbst Vicki-Pedija und Guhgel nichts.

Ein Kopf zum Denken schon.

Dass man mit einer großen Schnauze im Leben einfach viel weiter kommt, zeigte sich auch dieses Mal.

Nein, ich hab nicht gebellt, bis die Tür auf ging – ich hab einfach die Gitter-Methode auf das Türklinken-Problem übertragen. Ein bisschen mo-di-fi-ziert. Statt zwischen zwei Gitterstäbe die Schnauze einfach zwischen Türrahmen und Klinke, Schnauze wie gehabt drehen und schwupps – Tür offen! -

Es lebe die Er-Go- - na ihr wisst schon!

Schade eigentlich, dass meine Beiden mir auch diesen Erfolg wieder mal nicht gönnten.

Am nächsten Tag ging mein Trick nicht mehr.

Durch intensive Recherchen bekam ich dann auch den Grund dafür heraus: meine Initiativbremsen setzten diesmal Metall-Knochen gegen mich ein.

Zumindest sahen die Dinger, die sie unter den Türklinken in die Löcher steckten und rumdrehten, so ähnlich wie Knochen aus. Nach dem Rumdrehen wurden die Knochen auch noch versteckt und keine Tür ging mehr auf.

Nach reiflicher Überlegung beschloss ich, mich nicht weiter um die Türen zu kümmern.

Schad' meinen Sturköpfen gar nichts, wenn ich nirgends mehr allein reinkomme – warum versperren sie mir jeden Weg!

Gegen solche Menschen kann auch die beste Er-Go-No-Mie nichts ausrichten...

*

Ich bin ein Riesenschnauzer – und das ist gut so!

Das mit den Türklinken und der Er-Go-No-Mie war früher nicht so!

Die Türklinken in den alten italienischen Palazzi waren manchmal so hoch, dass sogar Menschen eine Leiter brauchten, um die Tür zu öffnen.

Allerdings gab es im alten Rom auch noch keine Riesenschnauzer. So gesehen war die Höhe der Türklinken natürlich eher unwichtig.

Wenn ich mir dagegen alte Häuser in Oberbayern anschaue, die hatten damals schon ideale Bedingungen für uns: nicht nur die Türklinken, nein, alle Türen und Fenster waren einfach wie für uns gemacht.

Sozusagen als Dank für die Jahrhunderte alte riesenschnauzergerechte Bauweise haben deshalb angeblich die Rassensprecher der Riesenschnauzer beschlossen, die im Rasseprofil genannte Urheimat unserer Rasse – Oberbayern – bedingungslos anzuerkennen.

Nur der Berliner Vertreter soll eingewendet haben:

„Wenn wir in Berlin kleinere Häuser hätten, wären die noch viel riesenschnauzergerechter! - Komplett barrierefrei sozusagen.“

Persönlich favorisiere ich allerdings einen anderen Grund für die Wahl Oberbayerns, als die Häuser. Die Menschen. Genauer gesagt, die Männer. Wo sonst sehen sie uns so ähnlich, wie in meiner oberbayerischen Wahlheimat?

Da wird sogar regelmäßig der schönste Schnauzer gekürt. - Übrigens auch unter den Vierbeinern.

*

Reisefreiheit für alle - vor allem für mich!

Wirklich, ich hab ein echt schönes Zuhause, aber manchmal ... -

Ich sag nur: Auto-Gassi!!!

Gefällt mir immer besser! Man kommt einfach mehr rum, meine Menschen können mir nicht weglaufen und alleine lassen sie mich normalerweise auch nicht, wenn wir nicht zu Hause sind!!!

Und dann gibt's unterwegs noch so einige tolle Sachen, die ich ja glatt auch zu Hause einführen würde - wenn ICH was zu sagen hätte!

Leider sind Frauchen und Herrchen immer noch nicht klapprig genug, um mir die Rudelführung zu überlassen.

Wenn das mit dem Aufstieg in die Chef-Etage also nix wird, bleibt mir nur der Kampf für mehr Auto-Gassi! Ich hab schon mal kurzfristig über Streik nachgedacht - doch da leidet die Öffentlichkeit zu wenig und ich werde wohl nichts erreichen. Aussperrung gibt's dann auch nicht - höchstens aus der Küche und dann komme ich nie zu meinen Extra-Leckerlis...

Also mache ich es einfach anders herum und bin ein besonders braver Hund, wenn meine Chefs mit mir unterwegs sind - und siehe da: es hilft!!!

Ich darf fast überall hin mit, selbst zum Schifferl-Fahren.

Neulich in Leipzig war ich sogar zum ersten Mal mit in einer Kirche, da gibt es wirklich auch regelmäßige Gottesdienste für Tiere!

Natürlich hab ich mich genau so benommen, wie man das in einer Kirche erwartet: hab mir alles ganz ruhig angeschaut und mich dann ausgiebig streicheln lassen. - Angezogen war ich ja passend, mein dunkler Anzug war frisch gestriegelt, also alles in Ordnung.

Aber was ist nun eigentlich das Schönste beim Verreisen?

Das Schönste ist: wenn ich am Morgen aufwache, kann ich fast immer zu Frauchen und Herrchen ans Bett und schau'n, ob sie auch nicht mehr schlafen können.

Rein ins Bett ist ja bekanntlich "NEIN!!!" - also bin ich schön vorsichtig und stecke nur meine Nase ein ganz kleines bisschen über die Bettkante, um zu schnuppern, ob sie schon wach riechen.

Anblasen mögen sie nicht - keine Ahnung warum...

Sicherheitshalber werde ich erst aktiv, wenn ich höre, dass sie nicht mehr wirklich schlafen, also wenn sie reden oder anfangen rumzurumoren. Man darf nie zu übermütig sein, das hab ich schon lange gelernt.

Doch so schön Reisen auch sind, manchmal könnten die Beiden wirklich ein wenig daran denken, dass ich auch tagsüber meinen Schönheitsschlaf brauche.

Dazu komme ich natürlich auf so einer Reise kaum.

Warum? - Was für eine Frage!

Selbstverständlich fahre ich nicht alle Tage mit 'nem Bus durch eine Stadt, der so hoch ist, wie unser Haus (selbst 'ne Treppe nach oben gab's).

Da MUSSTE ich schließlich rauf und von ganz vorn runter auf die Straße schauen. Über dem Fahrer! Wer weiß, ob der sonst wieder zurück gefunden hätte - bei den vielen Straßen, Menschen und Lichtern - und den wunderbar riechenden Restorangs. - Dahin gehen meine Menschen dann immer mit mir zum Essen - nur ich krieg mein Futter vorher im Auto.

Apropos Restorang: Kennt hier jemand "Auerbachs Keller"? In Leipzig? Ein altes Restorang mit 'nem großen Fass, auf dem zwei Männer reiten.

Sehr berühmt - weil schon Goethe da war, hat Frauchen erzählt.

Goethe war ein Kollege von mir. Kannte ich bisher nicht. Ist ja schließlich auch schon lange tot und nicht bei Fehsbuck. Bekannt geworden ist er wohl, weil schon ewig jedes Kind in der Schule was von ihm lesen MUSS.

Na, wie ich die Lage einschätze, nicht mehr lange. Spätestens bei der nächsten Schulreform hört das bestimmt auf und in die Lehrpläne kommen die wirklich wichtigen Bücher, aus denen man tatsächlich was lernen kann.

Und dann kennt jeder MEINEN Namen.

Ach, Ihr kennt Goethe?

Aber habt Ihr Euch schon mal im berühmten "Auerbachs Keller" selber eine Schüssel Wasser bestellt? Ich schon! Und der Kellner hat mich verstanden, obwohl ich gar kein Sächsich kann! Tolle Kellner gibt's! - Fast wie in meiner Lieblingspizzeria bei Mamma Lucia (zu der wir aber immer Karin sagen). Da verstehen mich sogar die Italiener!

Wozu soll man also Fremdsprachen lernen?

Noch was zu mir und Goethe: ich war wie er schon in Italien. Mehrmals! Und in Mittenwald bin ich jeden Tag! Und das Goethehaus hab ich sogar schon ange... schnuppert.

Ich piesle keine Häuser an, nicht mal, wenn da Kollegen gewohnt haben.

Und überhaupt: nach so einer Reise brauche ich erst mal MINDESTENS vier Wochen zum Ausschlafen.

Das heißt: nur wenn keiner "Auto-Gassi" ruft.

*

Ich lass mir keinen Maulkorb verpassen!

Beim Verreisen kann man immer was erleben.

Da war zum Beispiel die Sache mit dem Maulkorb. Ich war gerade sechs, also schon ein richtig erwachsener Hund. Und ich war ja auch nicht zum ersten Mal mit Herrchen und Frauchen auf Reisen.

Das Wetter war ganz nach meinem Geschmack: Sonne so weit man schauen konnte.

Das heißt, genau richtig zum Schifferl-Fahren. In der großen Stadt, wo Frauchens altes Rudel wohnt (die sogenannten Kinder, die überhaupt keine mehr sind) gibt's ´ne Menge Wasser. –

Also: alles paletti, wie Herrchen immer sagt.

Schifferl-Fahren ist genau so schön, wie Auto-Gassi. Vielleicht sogar noch schöner, denn ich liebe Wasser. Auch wenn sie mich nie baden lassen beim Schifferl-Fahren. -

Ich kann prima Fische beobachten und jede Menge Menschen gibt es auch, die ich auf mich aufmerksam machen kann. Am besten klappt es – wie immer – mit brav sein. Da staunen fast alle. Sicher, weil sie es von IHREN Kindern nicht gewöhnt sind.

Die Kinder sind auch auf so einem Schiff NIEMALS so brav wie ich. Rennen immer rum oder jammern, weil sie was zu trinken wollen oder ein Eis. Ich glaube, ihnen ist einfach sau-langweilig.

Versteh ich überhaupt nicht! Schließlich kann man auf´s Wasser schauen, sich streicheln lassen oder einfach mal in Ruhe schlafen. - Vor allem, wenn man , wie ich, ständig hundemüde ist. - Denn so eine Fahrt dauert IMMER ziemlich lange. Beim Auto-Gassi ist das nicht so sicher. Und die Kurven sind auch nicht so anstrengend auf dem Schiff!

Ausgeschlafen und ausgiebig gestreichelt ging´s dann irgendwann auch wieder runter vom Schiff und ich durfte endlich ohne Leine durch die Wiese rennen – nicht lange allerdings.

Schon bald tauchten zwischen den Bäumen wieder große Häuser und jede Menge Autos auf – und dann ist immer Schluss mit lustig: Ich MUSS an die Leine. Sicherheitshalber – sagt Frauchen. Wenn ich mit Herrchen alleine bin, ist er nicht ganz so streng, aber gegen Frauchen kommt er auch nicht an. –

Chefin halt...

Unser Auto war weit und breit nicht zu sehen und Frauchen sagte auch was von Bus fahren.

Kannte ich schon. Nichts Aufregendes, einfach Auto-Gassi mit großem Auto. Und dann sind im Bus auch nicht nur meine Zweibeiner, sondern außerdem noch jede Menge andere.

Zuerst mal der Fahrer.

Meine Chefs können eigentlich selber Auto fahren – aber im Bus haben sie wohl keine Lust dazu.

Kann ich verstehen. Aus dem Fenster schauen finde ich auch viel schöner.

Jedenfalls: der Fahrer wollte was von Frauchen.

Frauchen fand das okay und bot ihm Geld an.

Wozu dieses so genannte Geld gut ist, wissen wohl nur die Menschen – denn die geben sich das ja ständig gegenseitig.

Früher dachte ich, das wären besondere Leckerlis, aber inzwischen bin ich mir da nicht mehr so sicher. Jedenfalls hab ich noch nie gesehen, dass einer von den Zweibeinern dieses „Geld“ frisst.

Sie verstecken es immer vor den anderen. Vielleicht fressen sie es heimlich, wenn keiner dabei ist, doch noch nicht mal bei MEINEM Rudel hab ich das bisher beobachten können. -

Und DIE lasse ich beim Fressen wirklich nie aus den Augen. Es könnte ja mal was für mich dabei abfallen. Wenn ich brav bin natürlich nur!

Kurz und gut: Frauchen gab dem Busfahrer Geld und erzählte ihm, dass sie zusammen mit Herrchen, meinem zweibeinigen Fast-Bruder Andi und mir mitfahren wollte.

Als der Busfahrer mich sah, fand er mich wohl nicht hübsch genug für seinen Bus. Er fragte, wo mein Maulkorb sei.

Mein WAS? MAULKORB? Dabei hab ich so einen schönen Bart! Maulkorb – so ein Quatsch.

Frauchen versuchte ihm zu erklären, dass ich ganz brav bin, aber er blieb dabei, dass große Hunde im Bus einen Maulkorb brauchen.

Ich muss schon sagen, ich wusste noch nicht mal, was das ist. Dabei kenne ich mich aus mit Bussen, Schiffen UND sogar mit der Eisenbahn– und noch NIE hatte jemand ´nen Maulkorb verlangt.

Frauchen konnte es auch nicht verstehen und sagte wahrheitsgemäß, dass ich gar keinen besitze – und überhaupt: als Therapiehund brauchte ich nicht mal im Kindergarten einen.

Fast hätten wir wieder aussteigen müssen, denn der Busfahrer wollte es einfach nicht einsehen. Maulkorbparagraf ist Maulkorbparagraf, sagte er.

Auch so ´ne Menschenerfindung! -

Er hätte mal mich fragen sollen, oder Herrchen, wir hätten ihm schon sagen können, dass er als Mann gegen Frauchen KEINE Chance hat.

Einmal Chefin, immer Chefin. Und wenn alles nicht zu helfen scheint, erinnert sie sich bestimmt an die alte Garfield-Weisheit: „Wenn du sie nicht überzeugen kannst, überrede sie!“ - spätestens dann gibt JEDER Mann auf, bei meinem Frauchen...

DIE scheint sich dessen aber wohl gar nicht immer so sicher zu sein, denn sie hat mir kurz danach doch einen Maulkorb gekauft – nein, gleich zwei.

Für alle Fälle. Damit immer einer im Auto ist.

Benutzt haben wir bis jetzt keinen.

Und inzwischen bin ich schon sieben...

*

Der Zaun muss weg!

Dass meine Menschen manchmal einfach ohne mich verreisen, hab ich wohl schon erwähnt. An und für sich ist das ja nicht in Ordnung, aber was kann man als armer Hund schon dagegen tun?!

Wenn sie nicht da sind, bin ich erst mal allein – aber nicht lange.

Dann kommt einer von den Zweibeinern, die bei uns gleich nebenan wohnen. Rudi. Der macht mit mir jeden Tag gaaaanz lange schöne Gassi-Runden, aber das ist noch nicht alles.

Wenn meine Chefs länger weg bleiben, füttert er mich auch und nimmt mich immer zwischendurch mit zu sich in seine Hütte – äh, Wohnung.

Da wohnt er mit seiner Frau, die ist auch ganz lieb zu mir und manchmal war ich auch schon mit ihr Gassi. Außerdem haben die Beiden immer tolle Leckerlis für mich – richtige Freunde eben.

MEIN Rudel, sag ich nur!

Solche Freunde muss man sich natürlich warm halten, auch wenn Herrchen und Frauchen zu Hause sind.

Deshalb schau ich immer mal wieder nach, ob es ihnen auch gut geht. Ist ja nicht weit, weil sie ja auf UNSEREM Hof wohnen.

Anfangs war das auch ganz einfach: rum ums Haus und rauf auf die Terrasse. Dann haben sie mich schon gesehen – oder ich sie. Im Zweifelsfall genügte ein Beller.

Wenn die Terrassentür offen ist, kann ich mir das mit dem Beller auch sparen, die Küche mit dem Leckerli-Regal kenne ich schließlich. Spätestens, wenn ich vor dem Regal sitze, kommt einer von den Beiden und ich bekomme meine Leckerlis.

Im Gegensatz zu daheim muss ich bei meinen Rudel-Freunden NICHTS arbeiten für ein Leckerli.

DAS sind eben echte Freunde!

Aber mal abgesehen von den Leckerlis versteh ich sie auch nicht wirklich.

Sie wollen mich einfach nicht in ihren Blumenbeeten nachschauen lassen, ob es Mäuse gibt. Oder ob sie da für mich einen Knochen vergraben haben.

Als sie gemerkt haben, dass ich das gar nicht toll finde, haben sie doch glatt einen Zaun gebaut – na ja, ein Zäunchen eher. Keine Hürde für einen Riesenschnauzer.

Zum Glück hatten sie nicht Frauchens Buch, wo das drin steht, WIE hoch so ein Zaun für mich sein müsste...

Oder es lag einfach daran, dass es ECHTE Freunde sind – dachte ich. Und so hüpfte ich eben drüber über den Minizaun.

Menschen lassen sich ja durch so was wie einen Zaun beeindrucken, aber ich doch nicht!

Eines schönen Tages hatten sie neue Mitbewohner: zwei PIEPMÄTZE.

Zuerst fand ich das ja etwas absurd: sooo kleine Dinger und dann noch in einem Käfig.

Offensichtlich ging auch keiner Gassi mit ihnen, zumindest nicht, dass ich davon wüsste. Aber irgendwie waren sie ja schon ganz interessant, die kleinen Zwitscherer. Und so schön gelb!

Und singen konnten sie – viiiel schöner, als mein Frauchen! Also setzte ich mich neben den Käfig und beobachtete die kleinen Sänger.

Am nächsten Tag wollte ich wieder hin. Wie

immer hüpfte ich über das Zäunchen. Beziehungsweise: ich WOLLTE drüber hüpfen. Aber auf halber Strecke entdeckte ich – gerade noch vor dem Absprung – dass da was im Weg war. Blumen. ÜBER dem Zäunchen. Als ob die nicht unten genug Platz zum Wachsen hätten.

Mein Freund Rudi kam gerade in den Garten und sagte:

„Siehsde Schorly, jetz gommsde nisch mähr driebr.“

MENSCHEN! - Nicht mal als Freunde kann man sich auf sie verlassen! Versuchen doch wirklich, mich auszusperren!

Nicht mit mir! Oder dachten die vielleicht, ich merke nicht, dass über dem Türchen keine Blumen meine Hüpfer störten?

Allerdings half mir das nicht lange, dann war auch die Gartentür höher. Aber ich brauchte nur ein kleines bisschen Anlauf – und hopp, war ich wieder drüben.

Nur, Anlauf ist so 'ne Sache: man kann sich schon sehr verschätzen, mit dem Absprung. Und dann landet man auf dem Zaun... - DAS tut weh!

Jetzt suche ich jemanden, der mir ein Plakat malt:

DER ZAUN MUSS WEG! -

Kenn ich aus dem Fernsehen, da hat das mit 'ner Mauer auch geklappt.

So gesehen, ist die Flimmerkiste ja ab und zu ganz nützlich.

*

Ich liebe meinen Fernsehschlaf

Apropos Flimmerkiste – warum Frauchen den großen flachen Bilderkasten in der „Stube“ so nennt, weiß ich nicht, aber wenn SIE das sagt …

Ich würde ja eher Einschlafmaschine oder wenigstens Einschlafkiste dazu sagen.

Passt VIEL besser!

Ich hab nämlich noch nie gesehen, dass die Kiste flimmert – höchstens, dass das Bild wackelt, wenn draußen der Sturm um unser Haus pfeift.

Allerdings bezweifle ich stark, dass Frauchen oder gar Herrchen das schon mal gesehen haben, denn als Einschlafmaschine funktioniert das Ding bei jedem Wetter super.

Am schnellsten geht es, wenn einer den richtigen Befehl gibt: zum Beispiel sagt Frauchen dann beim Abendessen so was wie:

„Ich freue mich schon auf den Krimi!“

Wenn sie dann in die Stube gehen, renne ich gleich mit, denn schließlich brauche ich ja zuerst noch meine Streicheleinheiten. BEVOR sie einschlafen. Deshalb ist WIRKLICH Eile geboten!

Streicheln geht nämlich nur so lange, bis meine Beiden den richtigen „Sender“ gefunden und sich geeinigt haben, ob sie den „Krimi“ schon kennen. Das dauert leider nicht sehr lange, denn spätestens nach einer kleinen Weile (irgendwas wie fünf Minuten sagen die Menschen), sind Beide überzeugt, dass sie DEN Krimi noch nie gesehen haben. -

Dabei kenn ich manchmal die blöden Bilder schon auswendig – und ich darf nie ohne sie fernsehen.

Wenn ich Glück habe, kann ich dann einen von beiden noch ein Weilchen wach halten, indem ich konsequent die mir zustehende Streichelhand immer wieder mit meiner Pfote zurück hole, wenn sie aufhört mich zu kraulen.

Dass sie vom Streicheln müde werden, kann nicht sein, denn um das zu verhindern, nehme ich ihnen sogar die Mühe ab, ihren Arm beim Streicheln aus der für sie bequemsten Position bewegen zu müssen.

ICH gehe vor und zurück, so dass ihre Hand immer an der für mich angenehmsten Stelle streichelt. Klappt super. Nur, wenn ich nicht schnell genug bin, schlafen sie eben schon vorher ein.

Hoffentlich kommen sie nicht mal auf die Idee, dass sie in ihren Körbchen-Betten besser schlafen könnten.

Dann „Ade“ Streicheleinheiten!

Zum Glück hab ich auch dafür einen Trick: ich tu einfach selbst so, als würde ich in der „Stube“ vor dem Fernseher am besten schlafen.

Und auf mich nehmen sie schon Rücksicht.

Meistens.

Doch für meine Menschen ist die Flimmerkiste wohl wirklich DIE Einschlafmaschine schlechthin.

Hört auf's Wort. Wie ich.

Frauchen könnte auch einfach „Krimi“ sagen. Würde glatt als Einschlafbefehl reichen.

Aber sie KANN einfach keine kurzen Ansagen.

Nur Geschichten erzählen.

*

… eine Frau – ein Wörterbuch?

Weil mein Frauchen IMMER in ganzen Sätzen spricht (so sagt sie dazu), bin ich schon von klein auf dran gewöhnt, gut zuzuhören. Sonst würde ich nämlich nie merken, wenn was für mich wichtig ist.

Zu Frauchens Glück bin ich ein ausgesprochen kluger Hund. Man könnte sogar von einer echten Sprachbegabung sprechen. - Aber so was sagt natürlich niemand über einen Vierbeiner. Die Menschen bilden sich immer ein, so etwas gäbe es nur bei ihnen. -

Andererseits behauptet wahrscheinlich jeder

Hundebesitzer, SEIN Hund verstehe jedes Wort.

Na ja, vielleicht nicht jeder. - Zumindest nicht, wenn man annimmt, dass die Hundebücher-Schreiber selbst auch Hunde haben.

Vielleicht erwischen DIE ja grad immer dumme Hunde?!

Oder diese Bücherschreiber WISSEN, dass IHRE Hunde auch JEDES Wort verstehen, denken aber, alle anderen Hunde sind dumm? -

Egal, ich lese keine Bücher und MEIN Frauchen soll gefälligst das schreiben, was ICH denke.

OBWOHL sie wahrscheinlich JEDES Hundebuch gelesen hat und Herrchen ständig Vorträge hält, benimmt sie sich ziemlich normal.

Meistens jedenfalls. - Für einen Menschen.

Um ehrlich zu sein, alles finde ich nicht so toll, was sie mit mir macht.

Zum Beispiel könnte sie ruhig einsehen, dass ICH viel besser als Rudelführer geeignet wäre als sie: ich habe VIER Beine, kann viel schneller rennen, habe größere Zähne und mein Dickkopf ist auch nicht von schlechten Eltern. -

Nur ihrer eben leider auch nicht. Und sie kann was, was ich nicht kann: LESEN. Und schreiben.

Doch wenn ich andere Pfoten hätte, könnte ICH das bestimmt besser!

Und lauter BELLEN kann ich sowieso!

Aber belle ich nun deswegen ständig rum?

Wozu auch? Wenn es unbedingt nötig ist, hört man das schon. Deutlich.

Wie gesagt: wenn es UNBEDINGT nötig ist. - Zum Beispiel, wenn der Mann mit dem gelben Auto vor der Tür steht. Frauchen nennt ihn Postbote. -

Nein, natürlich beiße ich keine Postboten, ich jage sie nicht mal vom Hof. Wäre auch schön blöd von mir, schließlich habe ich schon am ersten Tag bei meiner Menschen-Familie gelernt, dass Postboten die besten Freunde ALLER Hunde sind. Sie haben nämlich immer Leckerlis dabei.

Das Beste ist: im Gegensatz zu den Zweibeinern meines Rudels lassen die Postboten mich NIE dafür arbeiten oder verlangen, dass ich irgendwelche Kunststücke mache. Und trotzdem bekomme ich von ihnen niemals nur ein Leckerli, wie von den anderen, sondern immer gleich eine Hand voll.

Als Dankeschön rufe ich immer ganz laut Frauchen oder Herrchen, wenn ein Postbote vor der Tür steht – oder sicherheitshalber schon, wenn ich höre, dass das Postauto auf unseren Hof fährt.

Denn schließlich will ich ihnen die Arbeit ein bisschen erleichtern – indem ich zu ihnen hin laufe und mich genau da hin stelle, wo sie die Leckerlis haben: ganz dicht an die Fahrertür vom Postauto.

Dann müssen sie auch nicht so lange überlegen.

Ein anderer richtig wichtiger Grund zum Bellen sind Freunde, die uns besuchen kommen.

Sie kommen eigentlich eh nur meinetwegen, aber damit meine Zweibeiner das nicht merken und nicht auf mich eifersüchtig werden, tun meine Freunde immer so, als würden sie auch zu meinen Menschen wollen.

Damit kann ich leben.

Weil meine selbst ernannten Chefs das aber nicht durchschauen sollen, bin ich auch ganz still, wenn ich weiß, dass ein Freund, der gerade vor unserer Haustür auftaucht, einen Schlüssel hat und wir beide niemand brauchen, der die Tür aufsperrt. Das klappt prima.

Da war zum Beispiel Herrchens bester Freund Beppi, der, der sich jetzt diese kleine Nervensäge Mala ins Haus geholt hat.

Bevor er mit Mala ankam, hatte er eine nette blonde Labradorin. Die war zwar ein paar Jahre älter als ich und wollte beim Spielen immer der Bestimmer sein, aber weil man mit ihr prima spielen konnte, hat mich das damals nicht gestört.

Vielleicht ist das mit dem Spielen auch der Grund, warum Herrchen meistens so ruhig bleibt, wenn Frauchen der Bestimmer sein will.

Weiber halt!

Na, jedenfalls wurde die Labradorin eines Tages sehr krank und eine Weile später war sie nicht mehr da.

Schade, sehr schade!

Ich war ziemlich traurig.

Herrchens Freund war noch viel trauriger als ich und weil ich ein super Tröster bin, wollte er gern oft mit mir Gassi gehen. Am liebsten ganz früh am Morgen, wenn meine Menschen noch schlafen.

Weil mein Herrchen aber im Gegensatz zu Beppi gern lange schläft, hat er seinem Freund unseren Schlüssel gegeben.

So konnte Beppi mich holen, ohne Herrchen zu wecken.

Ich habe natürlich nicht lange gebraucht, um das zu merken und bin von da an nur schnell nach unten an die Haustür gelaufen, wenn mein Gassi-Freund Beppi auf den Hof kam.

Ohne zu bellen – war ja nicht notwendig.

Manchmal kam Beppi auch irgendwann tagsüber. Sogar ab und zu, wenn Frauchen gerade im Büro war. Das ist bei uns direkt neben der Haustür.

Trotzdem hat sie nicht gemerkt, dass ich abgeholt wurde. So leise war ich!

Erst, als wir wieder zu Hause ankamen, kam sie aus dem Büro und fragte: „Wollt ihr Gassi gehen?“ -

Beppi musste gleich lachen (ich kann das noch nicht so gut) und antwortete:

„Mir san grad wieda do. Nach zwoa Schtund!“

(Beppi redet immer so komisch, aber weil er mein Freund ist, verstehe ich ihn trotzdem.)

So ist das mit mir und dem Bellen.

Einmal hat der Nachbar von gegenüber mein Herrchen doch glatt gefragt:

„Hoscht noch dein' Hund?“

Herrchen: „Eh klar, wieso?“ -

„Den hert mo gor nie! Konn der belln a?“ (Er wollte wissen, ob ich auch bellen kann.)

„Kann er! - Charly, geh her! Gib Laut!“ - und damit ich's auch ja kapiere, zeigte er mir ein großes „L“. Mit Daumen und Zeigefinger.

Das ist der einzige Buchstabe, den ich kenne.

Aber seit dem Tag denkt jeder in unserem Dorf, ich kann lesen. Zumindest jeder Mensch.

So schnell kommt man in Verruf!

Mit dem Verstehen ist es ähnlich.

Frauchen hat da so ihre eigene Theorie. Wie gesagt, sie liest sehr viel. Selbst der Fernseh-Kasten stört sie dabei nicht wirklich. Sie hat jede Menge Hundebücher und sogar eine Hundezeitung.

Ich verstehe bloß nicht, warum sie die HUNDE-Bücher und HUNDE-Zeitung nennt, denn ICH darf die Dinger schließlich noch nicht mal anschauen. Seit meinem Selbststudium als Welpe hat sie echt was dagegen.

Und ich hab doch glatt gedacht, alles was mit „Hunde“ anfängt, ist auch für mich.

So wie die Hunde-Leckerlis, mein Hunde-Napf oder mein Hunde-Körbchen. Ich hab auch jede Menge Hunde-Spielzeug. - Nur Hunde-Bücher und Hunde-Zeitungen sind ganz strikt „Nein!“

Wenn Frauchen wieder mal was Interessantes in all diesen Hundebüchern gelesen hat, erzählt sie es Herrchen.

Ich habe schon langsam den Verdacht, DER kann gar nicht lesen. Zumindest keine Bücher.

Bei Zeitungen bin ich mir nicht ganz sicher. Die braucht er jeden Tag zum Frühstück. Dabei frisst er sie noch nicht mal. Kann sein, dass er sich da auch einfach nur die Bilder anschaut, wie ich.

Vielleicht ist ja auch das Bücherlesen so ein Frauending, wer weiß. Oder Herrchen macht es extra nicht, weil Frauchen ihm ja sowieso alles erzählt.

Würde ich jedenfalls so machen an seiner Stelle. Warum soll man sich anstrengen, wenn man einfach nur zuhören muss. -

Oder so tun, als ob ...

Aber nee, das verlangt Frauchen dann doch. Dass man zuhört. Egal mit wem von uns beiden Männern sie redet – wehe sie merkt, dass man auf Durchzug geschaltet hat! Oh,oh!

Für uns bedeutet das: entweder höchste Konzentration - immer wenn Frauchen in Hörweite ist – oder die richtige Zuhörmethode.

Meine funktioniert richtig gut. Das merkt man vor allem daran, das die Chefin deutlich seltener mit mir schimpft, als mit Herrchen.

Der hat nämlich anscheinend überhaupt keine Methode – aber andererseits wohl auch keine Lust auf Konzentration. Also gibt's regelmäßig Ärger.

Dabei brauchte er sich doch nur mal ein Beispiel an mir zu nehmen!

Und das geht so: ich liege gemütlich irgendwo rum und döse. Manchmal gleich dicht neben meinen Zweibeinern, manchmal auch in meinem Körbchen im Flur. Wenn ich meine Ruhe will, vor allem.

Leider sieht besonders Frauchen das mit meiner Ruhe nicht immer genau so wie ich. Nicht, dass sie mich ständig rufen würde, nein, aber sie macht immer ausgerechnet dann so Sachen, wie Joghurt essen. DAS höre ich natürlich sofort.

Meine Beiden, nicht dumm, haben das auch schnell bemerkt und ein paar Mal das Wort „Joghurt“ missbraucht. Um mich aus meinem Körbchen zu locken.

Da waren sie bei mir allerdings an der falschen Adresse. Zwei Mal ist es ihnen gelungen, mich so auszutricksen. Seitdem können sie ruhig was von Joghurt erzählen, MICH interessiert das nicht mehr.

Wenn sie wollen, dass ich mein kuscheliges

Körbchen verlasse, müssen sie den Joghurt schon selbst „sprechen“ lassen.

Sie brauchen ja bloß einen Becher aufzureißen. Dann können sie sich ihr ganzes Gerede sparen.

Ich hör das schon – wenn ich will.

Bei Joghurt will ich meistens.

Selbst wenn ich danach immer meinen Becher ganz allein aufräumen muss.

*

Wer Arbeit kennt und danach rennt ...

Jetzt, wo ich so darüber nachdenke, glaube ich fast, ich krieg die Joghurtbecher eigentlich nur aus dem Grund zum Ausschlecken, weil meine Küchenprofis keine Lust zum Aufräumen haben.

Sie haben extra einen Steintopf als Joghurtbecher-Abfallbehälter hingestellt, denn mit den Gelben Säcken bin ich nicht klar gekommen.

Dann fing Frauchen an, mir beizubringen, wie das geht: aufräumen.

Es fing alles ganz harmlos an:

Frauchen-Mama sagte: „Joghurtbecher aufräumen!“, nahm den von mir ausgeschleckten Becher in die eine und meine Halskette in die andere Hand, hielt mir den Becher vor das Maul und führte mich zu dem Topf gleich neben der Küchentür.

Da ließ sie den Becher reinfallen, sagte „Fein, Charly!“ - und ich bekam ein Leckerli.

Das fand ich super!

Frauchen musste arbeiten und ICH bekam dafür Streicheleinheiten und ein Leckerli!

Solche Spiele könnte sie ruhig öfter mit mir machen, dachte ich.

Beim nächsten Mal wusste ich schon Bescheid und ging freiwillig mit, als sie mir den Becher vor die Nase hielt und „Joghurtbecher aufräumen!“ sagte.

Es ist ja auch nicht besonders schwer, denn der „Eimer“, wie meine Menschen das Reinschmeißding nennen, sieht aus, wie mein Spielzeugtopf, der neben dem Körbchen steht.

Nur dass die Becher gleich in der Küche aufgeräumt werden müssen. Neben der Balkontür.

Na, jedenfalls ging das Spiel noch eine ganze Weile so weiter.

Meinetwegen hätten mich meine Chefs immer für

IHRE Arbeit belohnen können, das bisschen Mitlaufen hätte mich nicht weiter gestört.

Doch irgendwie sahen die Beiden es wohl etwas anders. Eines schönen Tages verlangten sie nämlich tatsächlich, dass ich den Becher selbst trage und sie nur noch nebenher gehen mussten.

Ich bekam schon Angst, dass sie nun auch das Leckerli selber fressen würden. -

Aber so gemein waren sie zum Glück doch nicht.

Also wollte ich mal kein Spielverderber sein und übernahm von da an die tragende Rolle. Meistens jedenfalls. Manchmal tat ich einfach so, als ob ich dieses „Joghurtbecher aufräumen!“ noch nie gehört hätte und stellte mich taub.

Sie sollten gar nicht erst denken, dass ich mir in Zukunft so nach und nach den ganzen Haushalt auf's Auge drücken lassen würde. Nur weil keiner meiner Zweibeiner Lust drauf hatte.

Sehe ich etwa aus, wie ein blöder Hund?

Allerdings: es half nichts!

Frauchen las ein bisschen in ihren vielen schlauen Büchern mit den Hundebildern drauf und erklärte Herrchen dann, dass es eben so seine Zeit dauert, bis ein Hund einen Befehl richtig versteht und zuverlässig ausführt. So hundert Wiederholungen wären da schon nötig, sagte sie. -

Typisch Zweibeiner! Meinen immer, dass SIE schlauer sind als wir und genau wissen, warum wir etwas tun.

Die Wahrheit ist doch: wir verstehen ziemlich schnell, was unsere Menschen von uns wollen. Aber - wie sogar schon kluge Zweibeiner begriffen haben - etwas zu verstehen heißt doch nicht, es auch zu unterstützen.

Und außerdem: wieso eigentlich Befehl?

Da reden sie immer davon, dass ein Hund der beste Freund des Menschen ist und trotzdem wollen sie uns BEFEHLE geben?

Wenn die kleinen Zweibeiner was von den großen wollen, heißt es immer „Wie sagt man? Wie heißt das kleine Wort mit den zwei „Tee“?“

Die Kinder sagen dann „bitte“ - nur Herrchen sagt immer „aber flott!“.

Zuerst hab ich das ja nicht verstanden. Aber seit ich noch mal in Ruhe nachgedacht habe, finde ich, dass „bitte“ viel netter klingt.

Irgendwie muss mir Frauchen das dann auch angemerkt haben, denn sie sagt inzwischen auch meistens „bitte“ zu mir. - Geht doch!

Dass das mit den vielen Wiederholungen meistens trotzdem funktioniert, hat ganz andere Gründe: Auch der sturste Hund hat diese ewig gleichen Übungen irgendwann einfach satt und macht dann das, was die Menschen wollen. Damit die sich endlich mal wieder was Neues ausdenken!

Dass der Hund letztendlich „gehorcht“, klappt

allerdings nur, wenn die betreffenden Menschen noch sturer sind, als ihr Hund - UND wenn sie ansonsten unseren Anforderungen an einen Hundemenschen genügen: ausreichend Gassi gehen, genügend Futter, immer neue Spielideen, unsere Lieblings-Leckerli und täglich mehrstündiges Streicheln müssen schon drin sein!

Dann klappt das auch mit dem „Gehorsam“! -

Ein eigens Sofa für den Hund des Hauses wäre an sich auch angemessen, aber ein bisschen muss man den Zweibeinern auch mal entgegen kommen, denke ich.

Wie heißt es doch so schön: Der kluge Hund gibt nach!

Manchmal tue ich allerdings einfach nur so, als ob ich nachgebe.

Da ist zum Beispiel die Sache mit dem Arbeiten. - Auch so eine Menschen-Erfindung.

Diesen Zweibeinern reicht es doch einfach nicht, aufzuräumen oder Essen zu kochen, nein, sie müssen unbedingt noch so komische Sachen machen, wie Staub saugen oder gar ins Büro gehen.

Ich hätte ja persönlich nichts dagegen. -

Sollen sie doch, wenn ihnen nichts Besseres einfällt! Aber müssen sie deshalb auch gleich MEINE kostbare Freizeit einschränken?

Oder ist es am Ende doch nur, weil sie mir nicht trauen? - Sie wollen mich nämlich einfach nicht allein in der Küche lassen!

Verstehe ich gar nicht!

Da gibt es doch gerade für mich so viele leckere Sachen. Und sie könnten sich 'ne Menge von dem blöden Trockenfutter sparen, ja, sie könnten sich sogar sparen, meine Futterschüssel überhaupt anzufassen. Selbst meinen geliebten Frischkäse könnten sie einfach aufreißen und meinetwegen auch auf dem Tisch stehen lassen.

Wo Frauchen sich doch sowieso nicht gern bückt.

Ich komm da schon ran! Bin ja nicht umsonst ein Riesenschnauzer.

Immer wieder versuche ich, ihnen zu zeigen, dass ich groß genug für ihren heiligen Tisch bin. - So zum Beispiel, wenn sie gerade fressen. -

Aber sofort heißt es: „Charly, Nase vom Tisch!" und „Wie macht mein braver Hund?" -

Also einen Meter zurück und hinsetzen!

Wenn mich die Chefin danach immer noch anstarrt, lege ich mich sogar hin, das hilft.

Manchmal bekomme ich dann endlich das, was ich mir auch ganz leicht hätte selbst vom Tisch angeln können: ein Stückchen leckere Wurst oder sogar Käse, mmh, besonders lecker!

Ein paar Mal hab ich's aber schon auf die direkte Art versucht.

Natürlich nicht, als noch alle am Tisch saßen, da hätte ich keine Chance.

Nein, man muss den richtigen Moment abwarten können. - Hab ich von einer Jagdhündin gelernt. - Und der kommt. Irgendwann. Der richtige Moment.

Man muss ihn nur erkennen!

Für mich kam er eines schönen Morgens, als mein Herrchen nach dem Frühstück schon zur Arbeit wollte.

Frauchen und ich waren noch in der Küche, denn mit dem Aufräumen konnte sich Herrchen angesichts seiner wichtigen Arbeit leider nicht aufhalten.

Er war wie immer vorher schnell in Richtung Auto verschwunden. -

Zu schnell, wie er zu meinem Glück aber erst unten bemerkte. -

Also rief er laut nach Frauchen. Weil er seinen Pullover vergessen hatte.

Es war zwar Sommer, und die Balkontür zur Küche war offen, aber am Morgen brauchte er eben noch den Pullover. –

Kommt davon, wenn man sein Fell zu kurz trägt!

Nur, um den Pullover zu holen, musste Frauchen raus aus der Küche. -

Da ist er doch, mein richtiger Moment, dachte ich.

Leider dachte Frauchen wohl auch so und zwang mich glatt, mit ihr hinaus zu gehen.

Ich wollte natürlich nicht, aber was ICH will, spielt ja bei ihr selten eine Rolle.

Zu meinem Leidwesen ging sie mit dem Pullover nicht etwa wieder durch die Küche auf den Balkon, sondern durchs Wohnzimmer.

Ich schlenderte unschuldig hinterher – bis sie Herrchen seinen Pullover runter warf und bei der Gelegenheit gleich noch ein Weilchen mit ihm und seinen Kollegen „ratschte“.

Man kennt das ja: eine Frau, ein Wörterbuch!

Aber mir war das gerade Recht!

Sie war nämlich so vertieft in ihr „Gespräch“, dass ich mich heimlich hinter ihr vorbei schleichen konnte – zur offenen Küchen-Balkontür.

Zum Glück ging meine solchermaßen ausgetrickste Chefin wieder Richtung Wohnzimmer und entdeckte mich nicht vorzeitig. -

Dann hörte ich im Bad den Wasserhahn ...

Als sie wieder in die Küche kam, hatte ich schon mal mit dem Aufräumen angefangen:

Der Schinkenteller war leer und auch die Butterdose hätte man eigentlich gleich wieder in den Schrank stellen könne, so sauber hatte ich sie ausgeschleckt. Und so schnell! Ich war richtig schön satt. Und dachte, nun würden sie endlich begreifen, dass sie mich nicht bedienen müssen. -

Aber nein!

Anstatt nun begeistert über meine Unterstützung „Super Charly!“ zu sagen und mich zu streicheln, schimpfte Frauchen wie ein Rohrspatz (sagt man so, glaube ich).

Als Herrchen mittags zum Essen kam, erzählte sie ihm was von vierhundert Gramm Schinken und einem halben Pfund Butter.

Zu meiner Verteidigung konnte ich leider nichts vorbringen. Weil ich ja nicht mal weiß, was „vierhundert Gramm“ oder „halbes Pfund“ bedeuten.

Wahrscheinlich wieder so ein Menschen-Ding, das allen anderen zeigen soll, dass diese Sorte Zweibeiner uns auch ohne Fell überlegen ist. Obwohl wir Hunde vieles besser können als sie.

Warum sie dazu so unverständlich reden müssen, ist mir ein Rätsel. Schließlich braucht man sich dafür nun doch wirklich nicht anzustrengen.

Ich finde es viel schwerer – und viel besser – so zu reden, dass es jeder versteht, der gerade dabei ist.

Doch vielleicht können ja die Menschen gerade das nicht – oder sie wollen es nicht. Wer weiß...

Aber ich will – meine Menschen verstehen! Deshalb hab ich mir überlegt, dass Frauchen dem Herrchen wahrscheinlich nur erklären wollte, dass ich mich ganz allein super satt gefressen hatte. Und nun zwei Tage kein Futter mehr brauchen würde.

Okay, das mit dem Futter hätte sie eigentlich nicht erwähnen müssen, ich hätte sowieso nichts mehr rein bekommen.

Ich war froh, dass ich mich ausschlafen durfte.

Aber ansonsten frag ich mich schon, warum sie das so kompliziert machen mussten.

Ich hätte mir auch gleich alles am Tisch selbst holen können, ohne dass einer meiner hochwohlgeborenen Zweibeiner dafür seine wertvolle Kraft hätte aufwenden müssen.

Nur so oft sie auch über ihre viele Arbeit stöhnen, vor allem Frauchen - bei den Küchenarbeiten wollen sie einfach keine Arbeitserleichterung.

Muss ich das verstehen? -

Wie soll man als armer Hund bei solchen Menschen nur selbständig werden? - Sie behaupten doch immer, das gehöre zum Erwachsen-Werden.

Ich glaube allerdings, meine Beiden WOLLEN gar nicht, dass ich jemals erwachsen werde. Haben wohl mit ihren Menschen-Kindern schlechte Erfahrungen dabei gemacht.

Die hören, glaube ich, nicht mehr so gut wie ich und außerdem bleiben sie immer nur für ein paar Tage bei uns zu Hause.

Das wollen meine Menschen-Eltern sicher bei mir verhindern!

Allerdings, wenn ich dann Kinderrechte für mich in Anspruch nehmen will, passt es ihnen auch nicht.

Im Gegenteil! - Wenn ich am Morgen nach dem Frühstück gerade so schön faul auf MEINEM Teppich in der Küche vor mich hin döse und hoffe, dass mein geliebtes Frauchen mich und die Reste vom Menschen-Frühstück auf dem Tisch einfach mal vergisst, heißt es:

„Charly, komm! Arbeiten!“ -

Dabei ist doch bei den Menschen die Kinderarbeit verboten, soviel ich weiß!

Trotzdem muss ich mit ins Büro!

Wenn ich da wenigstens was Schönes spielen dürfte! -

Doch alle Spielsachen, die ich in ihrem Büro so gefunden und ausprobiert habe, sind sofort „Nein!“, wenn sie mir gefallen.

Ich darf da weder die dünnen Holzstöckchen anknabbern, mit denen Frauchen manchmal Bilder malt, noch ausprobieren, wie die Kompjuter nun wirklich funktionieren.

Und selbst, wenn ich dann schon mal ganz brav bin und nur meine Streicheleinheiten haben will, heißt es gleich:

„Charly, gib Ruh, Frauchen muss arbeiten!“

Es ist soo langweilig in dem blöden Büro.

Deshalb kam ich eines schönen Tages auch auf eine prima Idee, wie ich Frauchen im Büro helfen und dabei trotzdem meinen Spaß haben könnte:

Im Flur, gleich neben meinem Körbchen entdeckte ich eines Abends eine große Kiste, so eine, wie sie meine Freunde mit den besten Leckerlis immer wieder bringen. Die mit den tollen gelben Autos.

Als erfahrener Bürohund kannte ich solche Kisten schon längst. Ich wusste auch, dass Frauchen die Kisten immer auspacken musste, manchmal auch Herrchen.

Und dann hatten sie wieder keine Zeit für mich.

Also blieb mir gar nichts weiter übrig, als ihnen ein bisschen unter die Arme zu greifen.

Ich wartete erst einmal ab, bis die beiden am Abend in Richtung ihres Körbchens verschwunden waren. – So war keine Störung zu befürchten und ich konnte in Ruhe arbeiten.

Bei näherer Untersuchung der Kiste stellte ich erfreut fest, dass ich sie ziemlich leicht zerreißen konnte. Bei meinen starken Zähnen ist eben jeder Widerstand zwecklos.

Ich begann also ganz vorsichtig, das Ding in viele kleine Stückchen zu zerlegen. Zeit hatte ich ja, denn draußen war es noch dunkel.

Als von der Kiste endlich nur noch viele kleine Fetzen herum lagen, die ich auch leicht hätte in meiner Schnauze verstecken können, war ich sehr zufrieden.

Fürs Verstecken waren es zwar zu viele Fetzen, aber vielleicht würde Frauchen mir ja einen Eimer bringen. Zum Reinwerfen.

Schwerer als Joghurtbecher-Aufräumen konnte es auch nicht sein.

Zufrieden mit meiner Arbeit legte ich mich schlafen.

Am Morgen hörte ich erfreut, wie meine Bürochefin aus dem Menschen-Schlafzimmer die Treppe herunter kam. Ich war sehr gespannt, was sie zu meiner Arbeit sagen würde.

So ganz sicher war ich mir plötzlich doch nicht mehr, dass ich alles richtig gemacht hatte. Deshalb war ich schon beim Abholen meiner täglichen Guten-Morgen-Rückenmassage ein bisschen vorsichtiger als sonst. –

Frauchen war wie immer. Noch!

Allerdings – so leicht lasse ich mich nicht beruhigen. Schließlich kenne ich ja mein Frauchen!

Deshalb rannte ich nicht wie sonst an jedem Morgen schon vor ihr die Treppe hinunter, sondern wartete erst einmal oben ab, wie sie reagieren würde.

Und gut war's!

Sie merkte zwar sofort, dass irgendetwas mit mir nicht stimmte, aber DAMIT hatte sie wohl doch nicht gerechnet.

Kaum sah sie um die Ecke rief sie auch schon: „Charly, komm mal her!“ -

Oh, oh! DER Ton! Den kannte ich!

Am besten hin und durch! Dabei hatte ich wirklich nichts angerührt, was IN der Kiste war! Nichts war schmutzig oder kaputt. –

Warum also schon wieder dieses „Charly, Kisten sind NEIN!“

Ich wollte doch nur helfen!

Das Schlimmste jedoch war, dass meine Lieblings-Menschen sich überhaupt nicht für das Zeug aus der Kiste interessierten, sondern alles einer Nachbarin gaben.

Das hieß wohl, die Kisten-Auspackerei wäre weder Frauchens noch Herrchens Arbeit gewesen. Ich hätte mir also alles sparen können.

Die Nachbarin fand es anscheinend auch nicht so toll, dass ICH ihre Kiste ausgepackt hatte. -

Und meinen Lieblings-Menschen war die ganze Sache auch noch sichtlich unangenehm...

Genau genommen, war das alles nur passiert, weil ich nicht lesen kann.

DAS haben uns die Menschen wirklich voraus.

Nachdem also dieser Versuch von mir gescheitert

war, sinnvolle Büroarbeit zu machen, hatte ich keine Lust mehr. Als Frauchen mich wieder aufforderte, mit arbeiten zu kommen, blieb ich einfach in der Küche liegen.

War blöd, ich weiß...

Weil weder ihr „Befehl“ noch eine freundliche Bitte mich umstimmen konnten, griff meine Chefin zu härteren Maßnahmen:

Zuerst wollte sie mich an meiner Halskette packen.

Als ich sie deshalb anknurrte, knurrte sie einfach zurück – nun konnte ich nicht mehr so tun, als hätte ich sie nicht verstanden.

Dumm gelaufen!

Frauchen kann eben auch Fremdsprachen!

Mir blieb also nichts weiter übrig, als die Küche zu verlassen.

Zum Glück jedoch hatte ich eine Idee!

Im Vorbei-Rennen schnappte ich mir aus meinem Körbchen meinen Lieblings-Plüschhund Bello.

Bello kann zwar nicht bellen, nicht mal fiepen, wie mein kleiner Schnuffi, aber dafür ist Bello fast so groß, wie ich. Und er widerspricht nicht, langweilt sich nie und ist überhaupt ein prima Kumpel. Nur rennen kann er nicht.

Zum Glück ist Bello aber nicht so schwer, wie

ich, und außerdem bin ich ja irre stark.

Ich schleppte also Bello die Treppe zum Büro runter. Sogar MIT Bello war ich noch viel schneller als meine Nur-Zweibeinerin, die immer die Chefin raushängen lässt!

Unten war zum Glück schon die Bürotür offen.

Ich also rein ins Büro, Bello auf meinen Büroteppich geworfen (ich hatte es schließlich eilig, wer weiß, was Frauchen sonst am Ende wieder einfallen würde) und husch, war ich wieder raus aus dem Büro. In meinem Körbchen. –

Und das ist nun für ZWEIBEINER „Nein“.

MEISTENS halten sie sich sogar dran.

So schnell konnte Frauchen gar nicht gucken!

Sie lachte nur laut.

Seitdem hat sie die Geschichte bestimmt schon hundert Mal erzählt. – Wenn „hundert“ „ganz viel“ heißt , zumindest.

Da versteh einer die Menschen! Wenn man ihnen bei der Arbeit hilft, ist das „Nein“ - aber wenn man sich verdrückt, finden sie es toll.

Doch vielleicht ist das ja bei Menschen so...

*

Wenn ich einmal groß bin...

Nach dieser Aktion war mir nun endgültig klar, dass Büroarbeit nichts für mich ist.

Allerdings nur immer fressen, schlafen und ab und zu Gassi gehen, ist mir einfach nicht genug. Es würde ja vielleicht noch gehen, wenn sich meine Menschen mehr um mich kümmern würden. Streicheleinheiten von Sonnenaufgang bis Sonnenuntergang mindestens und abends dann noch extra – damit hätte ich's schon ausgehalten.

Aber so sehr ich auch mit ihnen immer wieder übe - sie lernen es einfach nicht.

Ganz offensichtlich brauchen sie viel mehr als hundert Wiederholungen.

Falls sie überhaupt lernfähig sind, die Menschen.

Okay, genau genommen kann ich da nur für mein eigenes Rudel sprechen, aber die sind schon sehr begriffsstutzig. Oder egoistisch.

Damit ich nicht vor lauter Langeweile irgendwann verblöde, habe ich beschlossen, mal herauszufinden, welche verborgenen Talente denn nun wirklich tief in mir schlummern und darauf warten, geweckt zu werden. – Und ich muss schon sagen: es sind so einige. Talente meine ich.

Dass ich ein hervorragender Geschichtenerzähler und Menschenkenner bin, hat ja wohl inzwischen selbst der begriffsstutzigste Zweibeiner schon gemerkt. Darauf will ich auch gar nicht weiter eingehen – zumindest nicht an dieser Stelle.

Ein anderes meiner Talente wird dagegen immer noch verkannt: Ich bin auch sehr musikalisch. Damit das klar ist: ich rede hier nicht vom Klaviermusik-Hören. Nein, meine Liebe zur Musik geht weit über die Nur-Zuhörer-Rolle hinaus.

Eigentlich hätte ich ja durchaus das Zeug zum berühmten Pianisten. Und was das Beste ist, ich habe in meiner Menschen-Verwandschaft sogar ein großes Vorbild: Pit, den Riesen-Zweibeiner, der zu Frauchen immer Oma sagt.

Für den hat Frauchen extra ein Klavier gekauft. Damit er sich wohlfühlt, wenn er mal zu uns kommt.

Leider kommt Pit nicht oft und meistens fährt er auch gleich am nächsten Tag wieder weg. Da geht natürlich nicht viel mit Klavierunterricht für mich. Ich würde es ja allein probieren, wie Frauchen. Die hat sich extra von Pit Papier mitbringen lassen, auf dem drauf steht, was sie spielen soll. Zuerst hat sie es auch gemacht. Jeden Tag ein bisschen.

Damit ich auch was lerne, hab ich mich immer daneben gelegt, obwohl Frauchens Geklimpere wirklich nichts mit Musikgenuss zu tun hatte.

Als sie dann nicht mehr jeden Tag am Klavier war, wollte ich es mal probieren. Leider war jedes Mal, wenn ich ins Wohnzimmer kam, der Deckel von dem blöden Klavier zu und ich kam nicht an die Tasten. Ich hab dann wenigstens die beiden glänzenden Tasten ganz unten probiert, aber die waren wohl kaputt. – Oder ausgeschaltet. –

Die Menschen schalten ja alles aus, was sie gerade nicht brauchen.

Ich weiß zwar nicht wirklich, was das Wort bedeutet „ausschalten“, aber es muss so was sein wie kaputt machen. Glaube ich jedenfalls.

Wenn ICH so oft was kaputt machen würde, wäre ich bestimmt schon längst im Tierheim. - Oder in der Hundeschule. – (Und ich weiß noch nicht mal, was schlimmer wäre.)

Irgendwann ist es mir dann doch gelungen, Frauchen klar zu machen, dass ich unbedingt ein berühmter Pianist werden möchte. (Das Wort habe ich extra gelernt, weil es so wichtig für mich ist.)

Leider ist Frauchen strikt dagegen.

Ich soll was arbeiten, wovon ich leben kann.

So ein Unsinn! SIE füttern mich doch – und wenn MEINE beiden Lieblings-Futterbringer nicht da sind, gibt es noch genug andere Menschen, die dafür sorgen, dass ich nicht am Hungertuch nagen muss.

Ist aber auch eine schreckliche Vorstellung: an einem Tuch rumzuknabbern – so was machen doch nur ganz kleine Welpen – und Labradore vielleicht… -

Aber wie ICH die Sache sehe, interessiert ja bei uns keinen.

Da denkt jeder nur an sich – nur ich denk an mich!

Ich bin doch wirklich ein armer Hund!

Wenn nicht noch ein Wunder geschieht, werde ich mir meine Pianisten-Karriere also wohl abschminken müssen.

Nur so ganz kann ich auf das Musizieren einfach nicht verzichten. Deshalb habe ich mich kurzzeitig sogar mit der Möglichkeit befasst auszuwandern.

Die Idee hatte ich, als meine als Hexe verkleidete Chefin neulich aus einem dicken Buch vorgelesen hat.

Da sind wirklich schon mal Tiere einfach von zu Hause weggelaufen und haben eine Bänd gegründet. Irgendwas mit Bremen, ach ja, sie nannten sich die

Bremer Stadtmusikanten. Die haben mit ihrer Musik alle verjagt, die nicht lieb zu ihnen waren! -

Das wär doch was für mich!

Bei längerem Nachdenken wurde mir dann aber klar, dass das doch nicht das Richtige für mich ist.

Warum? -

Vor allem gibt es schon 'ne Menge solcher „Bänds“.

Weiß ich aus dem Fernsehen. Und ich war auch schon dabei, als welche gespielt haben: Viel Lärm um nichts, sag ich Euch!

Gut, dass ich meine Ohren einfach abschalten kann, wenn mir der Lärm zu groß ist.

Wobei: zum Verjagen wär so eine Bänd sicherlich wirklich was – nur leider weiß ich nicht, wo Bremen ist!

Menschen machen sich ja wohl nicht so viel daraus, wenn sie so was nicht wissen. Sie haben dafür ein Navi.

Sieht aus, wie ein ganz, ganz kleiner Kompjuter und scheint auch genauso blöd zu sein. Zumindest, wenn man davon ausgeht, wie oft sich meine beiden Kompjuter-“Spezialisten“ wegen dieser Dinger streiten.

Nur die Zenzi aus dem Navi streitet nicht mit.

Die sagt inzwischen immer so komisches Zeug

wie „A scheens Auto host de do!“ oder „Jetzt les i noch ei und dann geht’s los!“ - das heißt dann, dass unsere lange Fahrt endlich bald zu Ende ist und ich wieder an's Aufwachen denken muss.

Warum Zenzi immer erst kurz vor dem Aussteigen anfängt zu lesen, verstehe ich nicht. -

Obwohl, vielleicht hat sie vorher einfach keine Zeit dazu, weil sie immer „Achtung!“ sagen muss. - Wenn Herrchen am Steuer sitzt zumindest.

Jedenfalls traue ICH diesem Navi-Ding nicht. Na und außerdem haben alle meine Versuche, mich selbst ans Lenkrad eines meiner Autos zu setzen, bisher immer gleich geendet: die Menschen fingen an zu lachen und erklärten mir – nein, nicht wie ich das Auto zum Fahren bringe, sondern nur, dass ich eh nicht fahren kann, weil ich nicht an die komischen „Pedalen“ am Boden unter dem Lenkrad ran käme.

Haben die 'ne Ahnung!

ICH und irgendwo nicht ran kommen. - Wenn ich WILL!!! - Sie haben nur Glück, dass ich nicht wirklich will. Ich lass mich doch nicht bestrafen!

Soll mal schön mein geliebtes Herrchen das Auto lenken!

ICH kann derweil schlafen und wenn uns einer von den grünen Männern anhält, schimpft er nicht mit mir, sondern mit meinem Supermän.

Klewwer was?!

Aber zurück zu meinen Talenten:

Ich will ja wirklich nicht unbescheiden sein, aber ich habe inzwischen so viele entdeckt, dass ich mich hier wohl auf die wichtigsten beschränken muss.

Darüber hinaus ist es immer gut, noch ein paar Überraschungen in petto zu haben. - Dann klappt's auch in der Beziehung.

Auch meine Partner am anderen Ende der Leine freuen sich immer wieder, wenn sie etwas Neues an mir entdecken. So wird es nie langweilig und wenn sie mal andere Menschen treffen, haben sie immer gleich ein Gesprächsthema.

Manchmal frag ich mich nur, worüber meine beiden Lieblings-Zweibeiner sich eigentlich unterhalten haben, bevor sie mich hatten. -

Ich glaube fast, damals haben sie überhaupt nicht gesprochen.

Na gut, Herrchen vielleicht über seine Hubschrauber und Flugzeuge, vielleicht. -

Aber Frauchen? Eventuell über Herrchen und seine Kompjuterkünste. Oder darüber wahrscheinlich lieber doch nicht. Sicher hat sie einfach gelesen.

DAS muss schön ruhig gewesen sein!!!

Jetzt aber wieder zu mir: ohne Klavierunterricht und ohne den Weg nach Bremen bleibt mir nur noch eine Möglichkeit, Musik zu machen. Eine, an der meine Rumerzieher mich nicht so einfach hindern können: ich singe.

Damit mein großes Talent nicht im Verborgenen vor sich hin kümmert, mache ICH das ausschliesslich vor Publikum.

Natürlich kann ich nach Lage der Dinge - will sagen, in Folge der bereits beschriebenen Ignoranz meiner Kunstbanausen - nicht auf instrumentale Begleitung oder ein Mikrofon hoffen. Ich finde das ganz besonders gemein, weil Frauchen diese Privilegien für sich durchaus in Anspruch nimmt.

Warum eigentlich?

Okay, sie kann auf zwei Beinen stehen - aber wer sagt, dass sie deshalb besser singen kann als ich? Ihre Mama-sag-Kinder wissen, wovon ich rede.

Ich habe ja den Verdacht, dass meine Möchtegern-Nachtigall einfach zu oft irgendwelche Sänger im Fernsehen angeschaut hat, solche, bei deren Gesang die Zuschauer toben und rumschreien. –

Leider hat sie DAS ganz offensichtlich falsch verstanden.

Ich bin vollkommen sicher: dieser Zuschauer-Lärm ist keine Begeisterung. Ich muss das schließlich wissen, denn ich kann VIEL besser hören als jeder Mensch.

Trotz meiner offensichtlichen Benachteiligung auch in Bezug auf meine Gesangskarriere gebe ich nicht auf. Das habe ich nämlich von meinen Menschen gelernt: Dickköpfe kommen im Leben deutlich weiter als Softis.

Ich nutze einfach die sich zufällig ergebenden örtlichen Möglichkeiten. Nach dem Motto: „Reich ist nicht der, der viel hat, sondern der, der mit dem was er hat, auskommt!“

Wenn meine Chefs also mal wieder mit mir die „Braver-Hund-im-Restorang“-Schau abziehen - und das machen sie regelmäßig - bin ich zuerst ganz ruhig. Alle denken dann, das mache ich, weil ich so gut erzogen bin und schauen meine Erzieher bewundernd an.

Wenn die wüssten!

Ich bin nämlich nur deshalb zuerst so still, weil ich lauschen muss, ob und welche Musik gerade läuft. Dummerweise ist die nämlich immer viel zu leise. Oder die zweibeinigen Musikbanausen reden einfach zu laut.

Nach einiger Zeit weiß ich trotzdem Bescheid und kann mich auf den jeweils gespielten Musikstil einstimmen. Einsingen geht leider nicht, sonst würde ich mich vorzeitig verraten.

Deshalb beginnt mein Auftritt immer gleich laif vor dem jeweils anwesenden Publikum.

Spätestens dann bemerken mich ALLE – und bewundern meine feine Stimme.

Meist wähle ich eine Sopranpartie, damit errege ich besonders viel Aufsehen.

Falls ich vorher schon mit meinem berühmten Einmal-Beller mein Wasser bestellt habe, ist auch dem unmusikalischsten Menschen sofort klar, dass mein Stimmumfang den jeder Operndiva übertrifft.

Der Unterschied ist nur: ich mach das ohne Gage – bis auf das Wasser, das muss schon drin sein, finde ich.

Das einzig Störende bei meinen Auftritten sind – wie könnte es anders sein - meine Manager. Sie versuchen jedes Mal, mich zum Schweigen zu bringen und meine Chef-Agentin droht oft sogar mit Verbannung ins Auto, wenn ich nicht aufhöre.

Das beschränkt die Dauer meiner Gesangseinlagen leider immer auf ein Minimum.

Ich bin mir allerdings noch nicht ganz sicher, was sich hinter diesem Verhalten verbirgt. Ist es nur das menschentypische Ausbremsen aufstrebender junger Künstlerpersönlichkeiten oder wollen meine Agenten auf diese Weise einfach 'ne angemessene Gage für meine Auftritte durchsetzen.

Vielleicht sollte ich mal das Publikum fragen?

Bisher stimmt es also leider, dass ich von meiner Kunst nicht leben kann. Deshalb brauche ich ein zweites Standbein: Ich arbeite an auftrittsfreien Tagen als Wachhund.

Ich weiß schon, nicht besonders einfallsreich dieser Job. -

Aber die Frage ist doch nicht, WAS man macht, sondern WIE man es tut, stimmt's?

*

Wachhund sein, ist nicht so einfach...

Meinen Freund Pico habe ich schon erwähnt. -

Man kann, glaube ich, mit Recht sagen, dass Pico ein sehr aufmerksamer Wachhund ist.

Er bellt wirklich bei JEDEM, der an seinem Haus vorbeigeht oder -fährt.

Deshalb sind auch immer alle Nachbarn gut darüber informiert, was in der kleinen Straße so alles los ist.

Das hat duchaus auch Vorteile, denn es erspart die Dorfratschn, die sonst immer am Fenster hängen und jeden begrüßen müsste.

Das Problem ist nur, das in unser Dorf immer viele Urlauber kommen. - Das sind die Leute, die morgens lange schlafen und mit Badeschlappen in den Bergen rumkraxeln. - Und DIE beschweren sich, wenn Pico sie zu früh weckt.

„Wachhund sein ist nicht so einfach,
da muss man sehr helle sein,
viele Dinge muss man können,
keiner ist dafür zu klein.“ ... -

Ich glaube, Picos Menschen-Eltern haben ihm nie dieses Lied vorgesungen. Die Beiden sind ja wirklich total lieb zu uns Hunden und ich fühle mich auf ihrem Sofa sogar wohler als in meinem eigenen Körbchen. –

Doch wie man sieht, hat auch die gezielt eingesetzte frühhundliche Musikerziehung durchaus ihren Sinn.

Mit Musik geht ja bekanntlich alles besser.

Vielleicht kennt aber einfach nur niemand in Picos Familie das Lied vom kleinen Wachhund. In diesem Fall kann es natürlich auch keiner dem Pico vorsingen.

Damit Picos Menschen-Familie nicht immer von den anderen Bewohnern der kleinen Straße wegen der Bellerei böse angeschaut wird, versuche ich immer wenn wir zusammen sind, Pico beizubringen, wie man seine Arbeit auch anders machen kann –

ohne dass gleich Urlauber abreisen.

Dann klappt's sicher auch mit den Nachbarn!

Ein bisschen hat er schon von mir gelernt, sagt Herrchen.

Mir wäre Picos Wachmethode auch ohne Nachbarn einfach zu anstrengend. Den ganzen Tag bellen! Dafür schlafe ich viel zu gern. – Pardon: ich RUHE natürlich nur, weil ich dann alles viel besser hören kann.

Beim Abholen meiner Streicheleinheiten wäre die Bellerei ohnehin sehr hinderlich. Ich kann mir wirklich nicht vorstellen, dass mich jemand streichelt, wenn ICH so richtig losbelle.

Ich rede hier von meinem Wachhund-Bellen.

Im Gegensatz zu meinen Gesangseinlagen benutze ich in meiner Funktion als Wachhund nur die tiefsten Töne, tiefer als die ganz hinten auf dem Klavier.

Jeder der schon mal selbst probiert hat, wie tief er sprechen oder singen kann, weiß, dass das total anstrengend ist.

Damit ich mir meine Stimme nicht ruiniere, knurre ich deshalb bei Bedarf auch erst einmal. Das geht leichter.

Wenn der angeknurrte Bösewicht neben mir steht, ergreift er in dem Moment eh schon die Flucht.

Bin ich allerdings im Haus und ein Unbefugter

betritt meinen Hof, reicht das Knurren leider nicht aus. - Die Menschen hören einfach zu schlecht!

Deshalb belle ich dann gleich noch hinterher – ein Mal, höchstens zwei Mal. Damit habe ich bisher noch jeden in die Flucht geschlagen.

Allerdings hat mich das Schicksal mit Menschen verbandelt, die tagsüber immer wieder Besuch von fremden Leuten bekommen, zu denen ich schon als kleiner Hund immer brav sein sollte. –

Das heißt im Klartext: nicht anbellen!

Deshalb arbeite ich als Wachund auch nur, wenn es dunkel ist. - Und ja, ich kann auch dann sehr gut unterscheiden, wer auf meinen Hof darf und wer nicht. Wo kommen wir denn da hin, wenn zum Beispiel früh um halb vier (sagt Frauchen) die Zeitung plötzlich von jemand gebracht wird, den ICH nicht kenne!

Soll doch MEINE Zeitungsfrau kommen - damit ich in Ruhe ausschlafen kann.

Ausnahmen von der Nur-im-Dunklen-Wache gibt es natürlich auch. Wenn es um eine ganz eindeutige Verletzung meines Hoheitsgebiets geht.

Durch Nachbars Katze, zum Beispiel.

Nein, zu Hause haben wir keine. Nachbarskatze. Nur bei einer meiner Menschen-Schwestern. Da waren wir mal Auto-Gassi.

Wir mussten ganz lange fahren, bis wir endlich in der großen Stadt ankamen. Zuerst fand ich es doof, überall riesige Häuser, da sahen die Bäume richtig klein aus.

Doch als ich dann endlich aus dem Auto und mir die Gegend anschauen durfte, war es fast, wie zu Hause, nur keine Berge. Dafür war mein Lieblingsklavierspieler Pit da. Darum hat es mich gar nicht gestört, dass die Hütte kleiner war, als die, in der ich mit meinen Menschen-Eltern wohne.

Zuerst mal durfte ich mir den Garten anschauen. Der war prima, zum Nachbarhaus gab es keinen Zaun. Leider bekam ich sofort meine Einweisung – Nachbars Garten war „Nein“. Dabei hätte ich doch so gerne mit dem kleinen Mädchen dort gespielt.

Keine Chance, so was brauche ich gar nicht zu versuchen – Nein ist Nein! Schließlich wollte ich nicht an die Leine!

Also legte ich mich auf die Terrasse und ruhte mich aus. Von den vielen neuen Gerüchen, der langen Fahrt und dem blöden „Nein!“. Außerdem konnte ich von der Terrasse aus super den Garten beobachten. Und den von den Nachbarn gleich mit.

Neben ein paar großen Zweibeinern und dem kleinen Mädchen gab es dort noch eine schwarze Katze.

Normalerweise dulde ich es ja nicht, das andere so schwarz sind wie ich, außer bei Hunden. Aber weil das Mädchen so lieb mit der Katze spielte, wollte ich es nicht erschrecken. Obwohl ich Katzen nicht besonders leiden kann. Nur, wenn sie mich in Ruhe lassen, dürfen sie ungestört in anderen Gärten rumspazieren.

Als ich klein war, mochte ich Katzen. Damals, als ich noch bei meiner Hundemama gewohnt habe. Auf unserem Hof gab es auch eine Katzenfamilie und meine Geschwister und ich haben manchmal prima mit den Katzen gespielt.

Später, als ich mit meinen Menschen-Eltern durch mein neues Dorf spazieren ging, wollte ich deshalb, wie ich das als gut erzogenes Hundekind kannte, auch eine dicke Katze begrüßen, die es sich auf den Stufen vor einem Hauseingang bequem gemacht hatte. Sie sah ganz lieb aus.

Aber als ich zu ihr hin ging, zerkratzte sie doch glatt meine kleine Nase. Ohne Vorwarnung!

Seitdem gehe ich den hinterhältigen Schleichern lieber aus dem Weg. -

Klar, inzwischen bin ich längst viel größer und die Schnurrer haben Angst vor MIR, aber ich mag einfach keinen Streit. Leben und leben lassen. Gefällt mir besser.

So lange sich alle an die Regeln halten.

Für Pit's Garten hatten mir meine Menschen ja klar zu verstehen gegeben: Bis zur Hecke aus den winzigen Sträucher-Bäbies - dann ist „Nein!“ -

Vielleicht hätten sie das der Nachbarskatze auch gleich sagen sollen, doch das hatten sie mal wieder versäumt. -

Nur ich muss immer alles beachten!

Wie auch immer - irgendwann kam doch die

freche schwarze Nachbarskatze durch die Bäbie-Hecke - und PIESELTE!

Direkt neben die Ministräucher!

Auf UNSERER Seite! Ach was: auf MEINER Seite!

Sofort schaltete ich von Schlafhund- auf Wachhund-Modus um, knurrte, sprang auf und rannte hinter der erschrockenen Katze her. - Mit meinem Wachhund-Spezialbeller, versteht sich.

Drei Schritte von mir reichten aus. Gerade so, dass ich von der Terrasse runter war, da war die Pieslerin auch schon wieder auf ihrer Seite der Hecke. -

Dass ich mich sofort wieder zurück in meinen Schlafhundmodus begab, dürfte wohl jedem, der mich kennt, klar sein. Für so 'ne kleine Katze ist mir meine Kraft viel zu schade.

Natürlich hatte ich vorher noch schnell den Schaden behoben und meinerseits die angepieselte Stelle sozusagen übergossen. Ich kann den Geruch nach Katzenpipi nicht ausstehen. Außerdem war diese Seite der Hecke nun eindeutig MEIN Revier.

Als Frauchen wegen des Bellers aus dem Haus kam, war schon alles vorbei. - Den Stubentiger hab ich danach nur noch von Weitem gesehen. Wäre auch noch schöner, wenn solche Zwerge keinen Respekt vor mir hätten.

Frauchen hat mich übrigens sehr gelobt, weil ich die Katze nicht ge- sondern nur verjagt hatte.

'Ne Katze! -

Da müssten schon Löwen kommen...

*

Doktorspiele

Als ich noch ein ganz junger Spund - äh Hund - war, konnte ich manchmal ganz schön wild sein - behauptet Frauchen.

Doch ich glaube eher, dass sie mich damals einfach noch nicht so gut verstanden hat, wie heute.

Da war zum Beispiel die Sache mit der zerrissenen Leine. -

Die Leine konnte nichts dafür, die war noch ziemlich neu, schön schwarz, wie ich, und aus duftendem Leder - nicht so ein Synthetikzeug, wie sie mir sonst immer kaufen.

Frauchen gefiel die Leine auch und so gingen wir drei – Frauchen, die Leine und ich – an einem schönen warmen Sommertag zusammen Gassi. Nach einer Weile kamen wir an ein Haus, da standen die Fenster weit offen und heraus kam ein Duft - ich konnte mich kaum bremsen.

Um Frauchen davon zu überzeugen, dass wir UNBEDINGT in das Haus müssen, zog ich an der Leine und bellte ein bisschen dazu.

Aber was machte meine Bestimmerin? Statt mit mir in das gut riechende Haus zu gehen, band sie mich mit der neuem Leine einfach am Zaun gegenüber der Haustür fest, sagte zu mir „Frauchen kommt gleich wieder.“ – und ging allein hinein! Ohne mich!

Auch die Haustür stand offen, und der Duft wurde einfach unwiderstehlich.

Frauchen hätte doch wirklich wissen müssen, dass sie dorthin niemals ohne mich gehen durfte.

Um sie darauf aufmerksam zu machen, bellte ich so laut ich konnte.

Spätestens in dem Moment hatte ich erwartet, dass sie endlich versteht, was ich von ihr wollte! - Sie war doch sonst nicht so schwer von Begriff!

Nicht lange und sie kam auch wirklich heraus. - Allerdings nur, um wegen der Bellerei mit mir zu schimpfen. -

Soviel zur Hundeversteherin!

Doch ich ließ nicht locker. -

Die Leine plötzlich schon. Wie es aussah, hatte wenigstens die mich also verstanden.

Ehe Frauchen mich noch festhalten konnte, flitzte ich rüber zu der offenen Haustür und dann immer der Nase nach.

Frauchen hinter mir her.

Ich flitzte durch offene Türen, an netten jungen Damen vorbei, bis in ein Zimmer, das mich an eine meiner besten Freundinnen erinnerte.

Aber noch ehe meine Verfolgerin mich eingeholt hatte, bemerkte ich meinen Irrtum.

Auf dem Rückweg zum Zaun begegnete ich ihr. Zuerst war sie sehr erstaunt, dass sie mich ohne Widerstand wieder am Zaun festbinden durfte. Erst nach einer Weile hatte auch sie endlich begriffen, was mit mir los war: Dieser Geruch hatte mich getäuscht.

Obwohl es GENAU SO roch, war sie nirgends zu finden - meine heiß geliebte Tierärztin.

Ich hatte mich zwar gewundert, dass das Haus gar nicht so aussah, wie ich es kannte. Aber so wichtig fand ich das nun auch wieder nicht, denn schließlich ist doch der Geruch das Wichtigste, weiß doch jeder Welpe.

Und wie meine Tierärztin riecht, wusste ich

bereits damals genau.

Schließlich war die schon immer ganz lieb zu mir. Und tolle Leckerlis hatte sie auch immer.

Wenn wir vor ihrem Haus aus dem Auto aussteigen, kann es mir nie schnell genug gehen. Rasch noch mal an dem Baum vor dem Eingang meine Visitenkarte hinterlassen - und dann nichts wie rein!

Zuerst muss ich dann die netten Mädels begrüßen, die gleich hinter der Eingangstür sitzen. Von denen bekomme ich zwar keine Leckerlis, aber sie streicheln mich immer, wenn ich komme.

Dann kommt das Braver-Hund-Zimmer.

Meine Menschen müssen sich da immer erst ein Weilchen vom Autofahren ausruhen. Oder von meinem rasanten Betreten des Hauses.

Meinetwegen könnten sie sich ruhig diese blöde Verzögerungstaktik verkneifen, vor allem, weil sie mich in der Zeit auch noch dazu zwingen, ruhig liegen zu bleiben.

Als ob SIE so furchtbar ruhig wären, wenn sie sich auf etwas freuen!

Zu meinem Glück macht meine Tierärztin dieser Rumsitzerei meist schnell ein Ende. Und mir auch immer sofort die Leine ab, wenn ich sie endlich begrüßen darf.

So sind echte Hundeversteher!

Als Belohnung für sie gehe ich nach Empfang der mir zustehenden Streicheleinheiten auch jedes Mal gleich nach hinten auf die große Platte. Ohne dass jemand mich dazu auffordern muss. Ich steh ganz still und warte bis mein Lob kommt:

„Zweiundvierzig Kilo, super Charly!"

im nächsten Moment bin ich aber auch schon vorn am Schrank, in dem die Leckerlis sind. Ich kenne mich da schließlich aus. Im Zweifel immer der Nase nach!

Nur so kann ich meiner netten Doktorin ein wenig Arbeit abnehmen.

Warum Herrchen und Frauchen immer was von Impfen sagen, wenn wir da hin gehen, weiß ich jedoch bis heute nicht. -

Ich hab davon noch nie was gemerkt...

Manchmal treffen wir meine Lieblings-Ärztin auch in 'nem Restorang. Dann kann ich mich um meine STÄNDIGEN Begleiter leider nicht mehr kümmern.

Meine Ärztin geht vor!

*

Nachbarn sind ein prima Rudel

Weil ich so ein toller Hund bin, hab ich natürlich jede Menge Freunde. Klar, Hunde auch, aber viel wichtiger sind für mich die Menschen.

Davon gibt's auch mehr. In meiner Umgebung.

Außerdem kann man mit anderen Hunden im besten Fall spielen. Wie gesagt, im besten Fall!

Wenn man aber Pech hat, gerät man an so eine Nervensäge, wie Mala – obwohl, so langsam wird wohl doch noch ein richtiger Hund aus ihr.

Hoffe ich zumindest.

Frauchen nennt das „positiv denken“. Ist sicher auch bloß wieder 'ne komplizierte Umschreibung einer ganz einfachen Sache. -

Na egal, ist eben auch bloß ein Mensch, meine Denkerin.

Doch zurück zu den Hunden!

Wenn man mit denen so richtiges Pech hat, gerät man gar an einen durchgedrehten Schäferhund.

So wie ich, als meine Chefs mal wieder ohne mich weggefahren sind. Ab und zu machen sie das nämlich und ich passe inzwischen auf's Haus auf.

Jeden Morgen kommt dann ganz früh schon mein Freund Rudi aus dem Nachbarhaus. Zuerst geht er mit mir 'ne große Gassi-Runde und danach bekomme ich von ihm mein Futter.

Und hast du nicht gesehen, ist wieder Charly allein zu Haus!

Meistens zum Glück nicht lange, denn oft kommt dann bald Hugos kuhle Mama und ich darf mit zu ihr ins Büro. - Das ist auch bei uns im Haus, nur eine andere Haustür. - Bei der Hugo-Mama bekomme jeden Morgen ein Schälchen Milch.

Ja, ja, ich weiß, Milch ist eigentlich was für Katzen. Aber was tut man nicht alles für Menschen die man mag! Und irgendwie schmeckt mir das Zeug ja auch.

Nur mein nasser Milchbart danach ist wirklich lästig.

Wenn ich meine Milch ausgeschlabbert habe, gehe ich deshalb auch immer gleich zu einem von meinem Bürofreunden zum Barttrocknen. -

Ich bin da nicht wählerisch, als Barttrockner eignet sich jeder, der still sitzt und nicht gerade seine fell-losen Beine zeigt. Am besten, er sitzt vor so einer Kompjuterkiste, dann merkt er nicht schon vorzeitig, warum ich komme.

Im Büro von Hugos Mama hab ich sogar ein paar Menschen zur Auswahl – und das Beste ist: jeder hat dort gleich zwei von diesen Kompjuter-Kisten vor sich.

Können wohl gar nicht genug davon kriegen. Starren stundenlang auf die doofen Dinger.

Bis ICH komme. Mit meiner Milchschnauze.

Spätestens, wenn ihre Knie nass werden, leben sie wieder.

Ich verstehe nur nicht, warum sie mich dann immer verscheuchen.

Sonst darf ich doch auch stundenlang unter ihrem Schreibtisch liegen und ihnen im Winter die Füße wärmen.

Ich glaube, sie nutzen mich nur aus.

Weil Hugos Mama keinen Ärger im Büro will, versucht sie, mir den Bart zu putzen, bevor ich zu den Kompjuter-Starrern gehen kann.

Doch das finde ICH nun wieder nicht so toll. Da stell ich mich doch lieber an die Bürotür, sehe die Hugo-Mama auffordernd an – manchmal braucht sie auch einen Beller, bis sie in die Gänge kommt – und flitze in den Garten.

Wenn meine Chefs zu Hause sind, muss ich dann sowieso ganz schnell nach oben, denn bei denen gibt's Frühstück für mich immer erst, wenn SIE satt sind.

Nur, wenn ich allein zu Haus bin, muss ich mir das Schnauze-Abputzen wohl oder übel gefallen lassen. Schließlich darf ich's mir mit meinen Bürofreunden nicht verderben.

Sonst muss ich am Ende noch die ganze Zeit allein schlafen. -

Schreckliche Vorstellung!

Dagegen geht doch nichts über einen gemütlichen Büroschlaf!

Ich verstehe gar nicht, warum die Menschen das noch nicht entdeckt haben. Für Hugos Mama wäre es bestimmt besser und sie könnte später beim Gassi-Gehen mit mir noch viel schneller laufen.

Aber irgendwie sind die Menschen statt dessen so richtig scharf auf dieses „Arbeits"-Ding.

Hugos Papa sitzt manchmal bis abends im Büro und sogar dann, wenn im Dorf die Glocken läuten und alle Leute mit ihren Kindern Gassi gehen, hockt er nicht selten vor seinem Kompjuter-Kasten.

Als ich noch abends im Dunklen sein Auto auf dem Hof gesehen hab, hab ich mir schon überlegt, ob er vielleicht in seinem Haus kein Körbchen zum Schlafen hat – oder keinen Fernseh-Kasten.

Ich würde ihn ja mal fragen, aber vor lauter Arbeiten hat er nicht mal Zeit, meine Sprache zu lernen.

Bloß gut, dass ich ihn besser verstehe...

*

Menschenversteher haben's leichter

Ich hab schon lange gemerkt: die Menschen wollen, dass man auf sie eingeht. Ist manchmal gar nicht so einfach, aber es hilft ungeheuer.

Als ich noch ganz klein war, dachte ich, es gibt verschiedene Sorten von Menschen und jede Sorte muss man anders behandeln: bei den kleinen dicken – wie meiner Chefin – muss man zum Beispiel schön brav sein, mit den schnuckeligen schlanken – wie Hugos Mama und meinen Menschen-Schwestern – darf man rumtoben und die Männer mit den dreckigen Sachen – wie Herrchen und seine Baustellen-Kollegen – darf man sogar mal ein bisschen beißen oder versuchen, sie zu unterwerfen.

Zuerst musste ich allerdings feststellen, dass mein Frauchen auch bei den Baustellen-Leuten was gegen das Beißen und Unterwerfen hatte.

Nur mit Herrchen darf ich manchmal solche Spiele spielen – aber leider gewinnt der immer und zum Schluss liege ich auf dem Rücken und er hat seine Hand an meiner Kehle. Dabei ist er nicht größer als ich, wenn ich mich auf die Hinterbeine stelle.

Na, wenigstens weiß ich jetzt, warum er zu meinen Chefs gehört.

Frauchen hat mich nur am Anfang ein paar Mal umgedreht.

Inzwischen bin ich mir gar nicht mehr sicher, dass sie es noch schafft – ich bin nämlich viel schneller als sie.

Aber ich möchte es lieber nicht probieren, wenn ich sehe, was Herrchen passiert, wenn er versucht, gegen Frauchen aufzumucken.

Wie schon gesagt: ich geh dann lieber.

Doch wenn ich ehrlich sein soll, so schlimm ist das Zusammenleben mit meinen Beiden nun auch wieder nicht.

Ich bekomme regelmäßig mein Futter - bei Herrchen sogar fast immer auf MEIN Kommando.

Frauchen lässt sich meistens nicht drauf ein, nein, sie erinnert sogar Herrchen ständig daran, dass beim Wolf (soll wohl einer meiner Vorfahren sein) der Hase auch nicht pünktlich um sechs vorbei kommt.

Dabei fresse ich gar keine Hasen.

Nicht, dass ich nicht wüsste, was ein Hase ist. Unsere Nachbarn haben welche.

In beiden Nachbargärten stehen die Käfige rum und, wenn ich ehrlich sein soll, tun mir die süßen kleinen Langohren ganz schön Leid. Den ganzen Tag im Käfig!

Und dann das Futter! So was wie die würde ich NIE fressen, ich bin doch kein Mensch! Den ganzen Tag nur Grünzeug!

Sogar die Hasen machen beim Kauen ganz lange Zähne. Das das keiner merkt...

Natürlich weiß ich längst, dass es auch im Wald Hasen gibt. Ohne Käfig. Doch die sind selten zu sehen und wenn, dann laufen sie immer gleich weg.

Außerdem: wenn mich jemand nicht mag, lass ich ihn einfach in Ruhe.

Zum Spielen hab ich ja außerdem die Hasen der Nachbarn. Die hoppeln manchmal durch unseren Garten.

Okay, spielen wollen sie mit mir eigentlich nicht, aber ich kann sie super beobachten, das ist auch viel weniger anstrengend. Schließlich bin ich ja kein Jagdhund.

Ich glaube, die Nachbarn scheinen im Übrigen ganz froh darüber zu sein und wollen sicher, dass es so bleibt. Deshalb haben sie immer Leckerlis für mich.

Auch wenn es am Anfang nur Hasen-Leckerlis waren, ich bin da nicht so. Und außerdem zählt doch wohl vor allem der gute Wille.

Meine besten Freunde unter unseren Nachbarn sind dessen ungeachtet schon seit meiner Welpenzeit die Kinder. Schon als ich ganz klein war, wollten sie immer mit mir spielen und haben mich gerufen. Aber wenn ich dann fröhlich zu ihnen hin gerannt bin, sind sie leider immer schnell wieder im Haus verschwunden.

DAS Spiel fand ich ziemlich doof.

Da hätten sie ja auch gleich eine Charly-Ruf-Kiste einschalten können. Oder sowas.

Aber dann hatte ich eine Idee: Vielleicht hatten sie ja einfach nur Angst vor Riesen?

Damals war ich zwar noch ein ganz schön kleiner Riese, aber woher sollte ich wissen, ob das die beiden Mädchen auch wussten?

Als ich zum dritten Mal ihr fröhliches „Charly, Charly!“ auf dem Hof hörte, lief ich wieder los.

Gerade noch rechtzeitig fiel mir das mit der Riesenangst ein und ich stoppte.

Die zweite Hälfte des Weges ging ich langsam, so langsam, dass selbst Frauchen keine Probleme hatte, mein Tempo mitzuhalten.

Die Mädchen blieben stehen.

Ich legte mich ein Stück vor ihnen mitten auf den Hof und bewegte mich nur noch gaaaaanz langsam. Nur meinen Kopf und die Ohren.

Und wirklich: die Mädchen kamen zu mir und sie STREICHELTEN mich!

Dann holte Frauchen eins meiner Lieblings-Leckerlis aus ihrer Hosentasche und gab es den Beiden.

Und die gaben es mir.

Na ja, beim ersten Mal warfen sie es vor mich hin. -

Doch man muss schließlich Geduld haben mit den Menschen. Besonders, wenn sie noch so klein sind.

Seit dem Tag sind Kinder meine besten Freunde.

Zuerst war Frauchen IMMER dabei, wenn Kinder in meiner Nähe waren. Oder Herrchen.

Inzwischen trauen sie mir und den Nachbarskindern schon ein bisschen, und ich darf mir ganz allein mein Leckerli dort abholen.

Überall, wo wir Kinder treffen, gibt es viel Spaß. Für meine Chefs und für mich – vor allen Dingen jedoch für die Kinder.

Sie dürfen meine Pfoten anschauen, sogar meine Zähne, dürfen mich streicheln und die ganz Mutigen bekommen von Frauchen oder Herrchen ein Leckerli – für mich natürlich.

Meistens muss ich dann „Nase!“ machen und die Kinder staunen sehr, wie lange ich das Leckerli auf meiner Nase balancieren und auf das „Nimm!“ warten kann.

Ganz selten kommt jemand, der Angst vor mir hat.

Das spüre ich sofort – und ich HASSE es.

Deshalb versuche ich auch ganz vorsichtig, jedem Angsthasen zu zeigen, dass sich vor MIR niemand fürchten muss.

Manche Menschen verstehen das sehr schnell und streicheln mich schon nach kurzer Zeit. - Für die besonders Ängstlichen habe ich mir aber auch etwas überlegt: sie bekommen ein Geschenk von mir.

Ich bin natürlich nicht böse, wenn sie es mir wieder zurück geben, sie sollen ja nur ihre Angst verlieren.

Wenn meine vorsichtigen Annäherungsversuche nichts nützen, hole ich eins meiner vielen Lieblings-Spielzeuge. Zum Beispiel meinen Plüschhund Bello oder den Schnuffi, der wie ein echter Welpe fiepen kann. Das Spielzeug lege ich meinem „Patienten“ auf den Schoß. Das hilft fast immer.

Einmal kamen Besucher zu uns, über die sich meine Menschen ganz besonders freuten. Herrchen kannte die Beiden wohl bereits sehr, sehr lange und hatte Frauchen schon oft von ihnen erzählt.

Alle waren in der Stube, aber der Fernseher blieb aus. Also nichts mit schlafen.

Sollte mir nur recht sein, denn Gäste sind eh viel interessanter.

Für die konnte ich sogar meinen leckeren Knochen mal in der Küche liegen lassen, den ich noch kurz vor dem Klingeln unserer unerwarteten Besucher nur mit knurren und Zähne fletschen gegen die gierigen Blicke von Herrchen und Frauchen hatte verteidigen können.

Wenn ich schon ab und zu mal einen echten Knochen bekomme, muss ich nämlich immer sehr aufpassen.

Meine Futterneider, die sich als Chefs aufspielen, denken sonst nämlich, sie könnten mich hinters Licht führen. Meinen wohl, wenn sie ein paar Mal an mir und meinem Knochen vorbei laufen, passe ich nicht mehr so gut auf und sie können mir die Leckerei einfach wegnehmen. Und selber fressen! -

Aber nicht bei mir! Gut dass ich super knurren kann und so große Zähne habe!

Na ja, wenn ich ganz ehrlich bin, lässt sich eigentlich keiner der Beiden so richtig dadurch abschrecken. - Im Gegenteil: Sie lachen mich einfach aus.

Wenn ICH knurre! Stellt Euch das mal vor! -

Und wenn ich dann noch weiter knurre, nehmen sie mir den Knochen doch wirklich weg! - Allerdings haben sie noch nie einen gefressen, sondern ich habe alle zurück bekommen. – Wenn ich nicht mehr geknurrt habe.

Ich sag's ja: Menschen!!!

Aber man kann doch nie wissen, ob das auch so bleibt.

Also verteidige ich mein Eigentum sicherheitshalber weiterhin. Mein fressbares Eigentum. – Zumindest Knochen.

Für eine Anti-Angst-Behandlung bei Menschen ist mir allerdings jedes Mittel Recht.

Deshalb beschloss ich in dem besonders schweren Fall bei unserer Gästin (ich hab gehört, man muss das heut so sagen, von wegen der Gleichstellung oder so) zum Äußersten zu greifen: ich brachte ihr meinen Knochen.

Als sie ihn auf dem Schoß hatte, erkannte sie auch zum Glück, wie groß mein Opfer war. Schließlich war die Knochenverteidigung gerade ein paar Minuten her und der Knochen noch wunderbar angekatscht.

Ich bekam den Knochen dann auch sofort von ihr zurück.

Alle lachten und lobten mich.

Aber das Beste war: ich hatte eine neue Freundin! Streicheln inklusive!

Na bitte, mehr hatte ich doch gar nicht gewollt.

Als ich noch ein Hundekind war, hatte ich nämlich schon mal eine Zweibeinerin getroffen, die Angst vor mir hatte. Oder genau genommen – getroffen hatte ich damals ein ganzes Rudel Zweibeiner. Zwei Mama-Tiere und jede Menge Welpen – Pardon: Kinder! Das Kleinste wurde im Wagen herumgefahren, die anderen waren ein bisschen größer.

Es war Winter und Frauchen war mit mir und einem von ihren Mama-Kindern Gassi. Ich hatte gerade Unterricht im Ohne-Leine-Gehen.

Weil das Mama-Kind das schon konnte, musste sie nicht mit üben.

Aber dafür bekam auch nur ich die Leckerlis.

Weil ich so brav war.

Auf dem Rückweg durfte ich deshalb auch schon mal ein bisschen weiter vor laufen.

Und dann sah ich es – das Menschenrudel. Mit Kindern! - Da musste ich einfach hin!

Damit ich schneller laufen konnte, schaltete ich meine Ohren aus. Wie gesagt, Hunde können das!

Es war auch besser so, denn die Menschenmütter begannen sofort zu schreien, als sie mich kommen sahen. Wahrscheinlich konnten sie es kaum erwarten, mich kennen zu lernen.

Frauchen versuchte zwar, mich zurück zu rufen,

lockte mit Leckerlis und meine Menschen-Schwester rannte mir sogar hinterher - aber ich war schneller. Was laufen sie auch auf nur zwei Beinen!

Und überhaupt – was soll ich mit Leckerlis, wenn ich mit Kindern spielen kann?

Ich bin nicht bestechlich – Schon vergessen?

Doch aus irgendeinem mir unverständlichen Grund hatten die Menschenmütter etwas dagegen, dass ich zu ihren Kleinen wollte.

Als ich ihnen näher kam, erkannte ich auch, warum:

Sie hatten Angst.

Vor mir!

Die Mütter, nicht die Kinder.

Dabei war ich noch nicht mal bis hin gerannt.

Die Kinder hatten inzwischen schon längst gemerkt, dass ich nur mit ihnen spielen wollte.

War ja auch wirklich ganz deutlich zu sehen und zu hören. Nur nicht für die Mütter.

Die verstanden ganz offensichtlich weder mich, noch ihre Kinder.

So wurde ich trotz meines überaus rücksichtsvollen Verhaltens von den beiden Frauen noch nicht mal angemessen begrüßt.

Mit Streicheleinheiten, wie ich es gewöhnt bin.

Statt dessen schimpften sie mit Frauchen.

Weil ich ohne Leine unterwegs war.

Doch meine Superbrav-Trainerin verteidigte mich und meine Freiheit wie eine Löwin:

„Bitte beruhigen Sie sich doch, Charly ist doch noch ein Kind. - Hören Ihre Kinder immer sofort, wenn Sie was sagen?“ -

Die beiden Hunde-Fürchterinnen wollten sich aber nicht beruhigen, drohten Frauchen sogar mit „Polizei“ und wollten wissen, wie wir heißen. -

Aber da kannten sie meine Chefin schlecht. Erstens gibt sie unsere Daten nicht jedem , von wegen Datenschutz und so, und zweitens wollte sie den Schreihälsen unbedingt klar machen, dass nicht ich mich falsch verhalten hatte, sondern die Beiden selbst.

Meine Menschen-Mama eben!

So schnell gibt die nämlich nicht auf.

Ihr nächster Satz beendete dann auch sofort die laute Schimpfkanonade. Mehr noch: die beiden Hunde-Anschreierinnen waren regelrecht sprachlos, als Frauchen Ihnen statt unserer Adresse mitteilte:

„Eigentlich wollte ich mich ja bei Ihnen dafür entschuldigen, dass mein Hund Sie erschreckt hat.“

Damit hatten sie offensichtlich nicht gerechnet. -

Sofort vergaßen die Frauen Adresse und Polizei. Statt dessen gingen sie zur Selbstverteidigung über:

„Die Kinder haben natürlich Angst bekommen, als der große Hund auf sie zu kam!“

Die „verängstigten“ Kinder waren inzwischen damit beschäftigt, mich zu streicheln und meine riesigen Fangzähne zu untersuchen.

Frauchen entging das selbstverständlich nicht.

Sie begann den Menschinnen zu erklären, wie das mit uns Hunden so funktioniert. Und dass Schreien nicht die Bohne helfen würde, wenn ein Hund in böser Absicht kommt. - .

Frauchens Rechnung ging auf. Sie war wohl nicht umsonst mal Lehrerin gewesen. Für Menschen.

Währenddessen hatte ich genug Zeit, der Kleinsten meiner neuen Freunde ein wunderschönes Kuschel-Dings zu stibitzen, so eins, in dem die Kinder immer ihre Hände verstecken, wenn auf der Wiese dieses herrlich kalte weiße Zeugs liegt.

Die Kinder fanden das lustig und kraulten mich vor Freude hinter den Ohren.

Nachdem meine Hunde-Kommunikationstrainerin geduldig alle Fragen ihrer beiden neu gewonnenen Schülerinnen beantwortet hatte, konnte sie sich eine Schlussbemerkung doch nicht verkneifen:

„ … und was ich noch sagen wollte: Man sieht so richtig, WIE ängstlich die Kinder sind!“ -

Zu guter Letzt kam, was kommen musste.

Nein, die Muttertiere fielen nicht in Ohnmacht – im Gegenteil, sie streckten ganz vorsichtig ihre Hände nach mir aus und - streichelten meinen Kopf.

Eigentlich hätte sich Frauchen ihren ganzen Vortrag sparen können – gemeinsam mit den Mini-Zweibeinern hätte ich das alles leicht selbst erklärt.

Am Praxisbeispiel.

Das Lob der Mamas bekam ich aber auch so:

„Charly, du hast jetzt die Ehre der großen Hunde gerettet!“ -

Na bitte, geht doch!

Keine Ahnung, warum sie daran überhaupt gezweifelt hatten. -

Okay, sie kannten mich halt noch nicht!

*

Bekannt, wie ein bunter Hund

Ich glaube, die Menschen mögen mich deshalb so gern, weil ich sie verstehe.

Na ja, nicht immer – aber ich bemühe mich. Was natürlich nicht heißt, dass ich nicht auch manchmal nur so tue, als ob. Als ob ich NICHT verstehe, was sie von mir wollen, meine ich.

Schließlich hat alles seine Grenzen, auch das mit der Unterordnung.

Wenn ich auf der Wiese mit anderen Hunden spiele, stelle ich immer wieder fest, dass die meisten viel mehr Freiheiten haben, als ich.

Da gibt es zum Beispiel diesen kurzbeinigen Dackel Flaxi. Er ist zwar viel kleiner als ich, aber rennen kann der – alle Achtung!

Manchmal spielen wir beide Fangen. Beim ersten Mal habe ich als echter Freund ihm erstmal einen Vorsprung gelassen. - DAS war ein Fehler! Flaxi hat zwar super-kurze Stummelbeine, aber zum Ausgleich einen Turboantrieb.

Junge, Junge – ich war richtig platt!

Vor Überraschung hätte ich fast vergessen, hinter Flaxi her zu laufen. Das machte die Sache natürlich nicht leichter für mich.

Wer mich ein bisschen kennt, weiß allerdings, dass ich meine Kraft immer nur da einsetze, wo es auch Sinn hat. Also tat ich nur ein bisschen so, als würde ich hinterherrennen.

Man darf den Kleinen schließlich nicht den Spaß verderben – vor allem dann nicht, wenn angemessen große Spielkameraden nicht jederzeit zu haben sind.

Allerdings ist es auch nicht gut, wenn solche Krümel wie Flaxi übermütig werden und sich am Ende vielleicht noch einbilden, stärker zu sein, als ich.

Zumal Schnelligkeit allein noch keine Stärke ist. Echt starke Typen haben nämlich vor allem eins: Köpfchen! -

Ich weiß, KöpfCHEN ist wirklich stark

untertrieben, aber Frauchen nennt das auch immer so und deren Schädel ist genau so dick, wie meiner.

Also: was man nicht in den Beinen hat, muss man im Kopf haben.

Ich ließ Renn-Flaxi also seinen Auslauf. Einen trügerischen Moment durfte er seine vermeintliche Überlegenheit auskosten. Dann stand ich vor ihm.

Während er im großen Bogen um eine Gruppe von Tischen und Bänken herum gerannt war, hatte ich ganz einfach den Weg des geringsten Widerstandes gewählt und der führte VOR den zahlreichen Hindernissen vorbei. Wie ihr euch sicher schon denken könnt, war dieser Weg natürlich viel kürzer!

Wenn nun jemand meint, dass so ein Trick ja höchstens ein einziges Mal klappen kann – nicht bei Flaxi! Vor lauter Jagd- und Spielsucht merkte der nämlich überhaupt nicht, warum ich plötzlich wieder vor ihm war.

Sicher hatte er nicht damit gerechnet.

Immerhin weiß jeder Hund, dass es mit dem Motto „Überholen ohne einzuholen!“ bei den Menschen nicht funktioniert hatte. -

Bei den Menschen eben. - Bin ich ein MENSCH?

Wäre ich einer, würden mich sicher nicht so viele kennen! Menschen und Hunde.

Leider hilft mir meine Popularität (tolles Wort, nicht wahr?!) bei meinen ständigen Begleitern nicht so viel. Besonders Herrchen sonnt sich zwar gern in der Aufmerksamkeit, die ich überall errege, aber wenn's drauf an kommt, verlangt er auch, dass ich auf ihn höre.

Noch schlimmer ist allerdings die Chefin. Die passt wirklich auf, wie ein Schießhund, dass ich mich in menschlicher Gesellschaft „ordentlich“ benehme. Dabei zählt – wie kann es anders sein - nur, was SIE sich unter ordentlich so vorstellt.

Von wegen zu jedem Spaziergänger hinlaufen und kontollieren, ob er mich vielleicht streicheln möchte oder ganz zufällig ein Leckerli in der Tasche hat – nicht bei ihr.

Mein Lieblings-Kumpel dagegen sieht so was viel entspannter.

Wo ich gerade mal darüber nachdenke, muss ich allerdings zugeben, dass ich mit ihm allein viel öfter Zweibeinern begegne, die sich nicht so richtig freuen, wenn ich sie begrüßen will. Ignoranten eben!

Nur, wie ihr ja inzwischen wisst, mag ich keinen Streit – nicht in meiner Menschen-Familie, nicht mit anderen Hunden und auch nicht mit Radfahrern oder Spaziergängern. Deshalb mache ich sicherheitshalber um alle Fremden einen Bogen.

Schad' ihnen gar nichts, dass sie mich nicht streicheln dürfen, warum schau'n sie so ablehnend!

Ab und zu gibt’s trotzdem mal ein Missverständnis. - Zum Glück nur mit Leuten, die nicht in unserem Dorf zu Hause sind.

DIE kennen mich inzwischen schon und freuen sich, wenn ich komme. Besonders die Frauen.

Bin eben ein toller Typ!

Ich hoffe nur, dass mein Herrchen nicht irgendwann eifersüchtig auf mich wird.

Weil JEDER, den wir treffen, zuerst mich begrüßt.

Und dann erst ihn. Vielleicht.

Jedenfalls – meinen Namen kennen alle, nicht nur die Kinder im Waldkindergarten.

Auch die Menschen-Mütter der anderen Hunde auf meiner Lieblings-Spielwiese gehören zu meinen Verehrerinnen.

Obwohl ich mich manchmal frage, warum eigentlich nur die Mütter mit ihren Kindern auf den Spielplätzen unterwegs sind. Egal, ob die „Kinder" zwei oder vier Beine haben, meist sind sie in weiblicher Begleitung.

Na, mir soll's Recht sein, ich steh auf Frauen.

Herrchen, glaube ich, auch.

Nur Frauchen scheint eher was für Männer übrig zu haben. Darum kommt sie auch nur ab und zu mit. Wenn wir auf die Männer-Spielwiese gehen. Da hin, wo auch MEIN Spielkamerad immer mit seinen kleinen Brummfliegern spielt.

Aber, auch wenn die anderen „Jungs" Herrchens

Spezln sind – selbst dort werde immer zuerst ICH begrüßt. Mich kennt einfach jeder.

Trotzdem ist mir DIESE Wiese zu langweilig. Immer muss ich brav hinter dem hohen Zaun warten, wenn Herrchen seine fliegenden Kisten in die Luft schickt. Nix is mit Wetterennen oder Flieger-fangen.

Bloß gut, dass dort immer mal wieder andere Hunde vorbei kommen. Die meisten sind schon alte Bekannte.

Zum Beispiel Leon. Leon ist eine Deutsche Dogge, viel größer als ich. Nur seine Größe und sein Furcht einflößender Name sind total irreführend: Leon ist ein totaler Luschi.

Kein Löwe - ein Angsthase, gewissermaßen. Dabei tut er immer wahnsinnig erwachsen. Geht ganz allein durch die Wiesen spazieren. Ohne sein Herrchen und Frauchen. Das sollte ich mal versuchen!

Wie gesagt, Leon ist NOCH größer als ich. Sieht ein bisschen aus, wie eine Kuh. Weiß mit schönen großen schwarzen Flecken.

Vielleicht hat Leon sich ja mal im Spiegel gesehen und hält sich nun selbst für einen Grasfresser. Dann ist das sicher der Grund, warum Leon Angst vor mir hat.

Getan hab ich ihm nämlich noch nie etwas. Wie auch, er traut sich ja nicht mal in meine Nähe...

Wenn ich sehe, dass Leon mal wieder ganz allein

Gassi geht, stelle ich mich immer auf den Weg vor Herrchens Spielwiese und warte. Auf das Riesen-Doggenkalb.

Weil ich so gern mit richtig großen Hunden spiele, hoffe ich jedes Mal, dass Leon endlich merkt, dass er von mir nichts zu befürchten hat. Leider umsonst.

Kaum hat der Latschi mich nämlich gesehen, kehrt er um, nimmt die nächste Abzweigung und läuft ganz hinten hinter dem Fußballplatz in einem Riesenbogen um mich herum. Ohne dass mindestens zwei hohe Zäune zwischen uns sind, fühlt der Schisser sich nicht sicher.

Keine Ahnung, warum. Irgendeiner muss ihm Märchen über mich erzählt haben.

Von den Menschen war es sicher keiner.

Vielleicht verbreitet Paulchen ja schreckliche Schauermärchen über meine Gefährlichkeit?

Paulchen ist nämlich auch so ein Kandidat: Riesengroß – ein Irischer Wolfshund – aber wie Leon kein bisschen mutig. Nur dass Paulchen nie allein Gassi geht. Und deshalb läuft er auch nicht vor mir weg, sondern zieht nur seinen Schwanz ein, wenn er mich sieht.

Als ob ich ihn schon jemals auf's Kreuz gelegt hätte!

Nur gut, dass nicht alle Hunde solche Angst haben. Warum auch?

Was kann schöner sein, als mit den anderen Vierbeinern über die Wiese zu tollen, egal ob es nun Westi-Wettlauf ist oder Border-Balljagd.

Frauchen-Fangen wäre auch toll! -

Aber DIE spielt ja nie mit ...

*

Wie ich Polizeihund wurde

Ihr erinnert Euch an meinen Freund Rudi?

Das ist der, der mich immer füttert, wenn meine Adoptiv-Eltern mal wieder ganz allein mit ihren Koffern unterwegs sind. Und mich vergessen haben!

Wenn Rudi Zeit hat, geht er dann auch extra-lange mit mir Gassi.

An einem schönen Tag waren wir beide mal wieder in unserem kleinen Ort unterwegs. Da, wo keine Autos fahren, aber dafür viele Zweibeiner mit und ohne ihre vierbeinigen Freunde Gassi gehen oder auf der Straße am Tisch sitzen und fressen. So viele, dass sie unmöglich alle bei uns wohnen können.

Manche von denen reden so, dass ich sie fast nicht verstehen kann.

Herrchen sagt, das sind Preußen, aber Frauchen schimpft dann immer und fragt, seit wann Preußen japanisch sprechen.

Aber zum Glück waren ja meine Sprachgenies gerade in Urlaub und Rudi meinte nur:

„Heude ham wr abr würglisch 'ne Menge Urlaubr. Schorlie, gomm scheen ze mir und renn se nisch um!“

Weil ich Rudi jeden Tag sehe, habe ich mit seiner Sprache keine Probleme. Bin ja auch schließlich kein dummer Hund – eh klar.

Jedenfalls lief ich brav an der Leine neben Rudi her und beobachtete die Leute.

Um die kleinen Kläffer, die nur so lange mutig bellen, wie sie sich hinter den Rockzipfeln ihrer Frauchen verstecken können, machte ich wie immer einen Bogen. Die schau ich noch nicht mal an.

Viel Lärm um nichts.

Ohne Leine, auf der Wiese, würde ich ihnen schon klar machen, wie man sich einem großen Hund wie mir gegenüber benimmt. Schlimm genug, dass ihnen das als Welpen keiner beigebracht hat.

Nee is, klar, kann man von manchen Menschen-Eltern auch nicht erwarten.

Man braucht sich nur deren Menschenkinder anzuschauen...

Wie dem auch sei: Rudi und ich genossen das schöne Wetter und spazierten entspannt herum.

Plötzlich bekam Rudi einen Schreck:

Ein schwarzer Schäferhund rannte direkt auf uns zu. Ohne Leine!

Und Rudi hatte Recht: der Kerl sah tatsächlich nicht gerade aus, als wolle er mit mir spielen.

Rudi machte mich deshalb auch schnell von der Leine los und rief mir zu:

„Schorlie loof weg!"

Ich konnte mich wohl nur verhört haben.

Rudi sah nicht gerade aus, als könne er den Raudi-Köter auf's Kreuz legen.

Sicherheitshalber blieb ich deshalb dicht neben Rudi stehen und zeigte dem Rambo meine Zähne.

Ich lasse doch meine Rudelmitglieder nicht im Stich!

Doch bevor ich ihm auch zeigen konnte, dass er gegen mich als ausgewachsenen Riesen niemals eine Chance hätte, jaulte der Möchtegern-Killer schon auf und flüchtete.

Rudi hatte ihm ganz schnell gezeigt, wie empfindlich seine hässliche Hundenase ist. Und dass sogar ein von Natur aus eher schlecht bewaffneter Zweibeiner so einen Angeber-Schäferhund mit einem einzigen Schlag in die Flucht schlagen kann.

Ein Zweibeiner! Einer, der noch nicht mal richtig knurren kann und seine Zähne nur einem freundlich gesinnten Gegenüber zeigt, weil sie wirklich nicht zum Fürchten sind.

Ich sag Euch, ich hab's schon immer gewusst: diese Schäferhunde sehen nur so gefährlich aus. Bestimmt tragen sie nur deshalb ihr Hinterteil so weit unten, weil sie denken, dass Sie dann größer aussehen.

Ha, ha!!!

Unglücklicherweise hatte der aggressive Kerl vor seiner schmählichen Niederlage noch irgendwie Rudis Hand erwischt.

Mein Erste-Hilfe-Angebot war aber leider nicht gefragt.

Als Rettungshund werde ich eben immer noch total unterschätzt!

Dabei kann ich meine Zunge wirklich super zur Wund-Desinfektion einsetzen und als Tröster bei Schmerzen und Kummer bin ich sowieso unschlagbar.

Die Zuschauer, die sich inzwischen sehr zahlreich versammelt hatten, wussten aber vermutlich nicht, wer da die ganze Zeit über brav und ungeheuer tapfer neben Rudi ausgeharrt hatte.

Nie im Leben wäre ich - wie befohlen - weg gelaufen und hätte meinen Freund allein gelassen.

Gehorsam hin oder her!

Trotzdem – die Bewunderung des Publikums blieb aus. Statt von den wahren Helden der Stunde redeten alle nur über dieses Mistvieh von Schäferhund.

Kein Wunder, dass Frauchen sich darüber aufregt, dass die Zeitungen immer nur über die bösen Hunde berichten.

Als ob es überall nur böse Hunde gäbe.

Dabei sind die meisten von uns nun wirklich nicht so. Wenn auch natürlich nicht so toll wie ich!

Doch dazu später.

In der Zwischenzeit hatte jemand eins von den tollen weißen Tatü-Tata-Autos gerufen.

Auch die Tatü-Tata-Auto-Männer wollten mich bei der Wundversorgung nicht assistieren lassen und übergaben mich an einen der grünen Männer, die mit ihrem Blaue-Lampe-Auto auch gerade zum Zuschauen gekommen waren.

Rudi fand das wohl nicht so gut und wollte mit mir unbedingt nach Hause gehen. Für seine Hand hatte er schon ein chices weißes Ersatzfell bekommen.

Aber er durfte nicht. Er sollte ins Tatü-Tata-Auto einsteigen. Ohne mich!

Ich wäre schon gern mitgefahren, am liebsten mit Tatü-Tata, zumal ich etwas vom „kranken Haus“ gehört hatte. Das kannte ich doch.

Vielleicht hätte ich Frauchen da gefunden und wenn nicht, gab es dort auf jeden Fall diese tollen Türen. - Die, die immer auf gehen, wenn ich auf sie zu gehe.

Kurz gesagt: nix Tatü-Tata!

Auch wenn es mir schwer fiel, Rudi ohne meinen Schutz den sehr gefährlich aussehenden Männern in den roten Jacken auszuliefern – das Ersatzprogramm für mich schien mir auch ganz interessant zu sein: schwarzer Hund in grünem Auto mit blauem Licht!

„Boa ey! Hammer!“ - würde Hugo dazu wohl sagen.

Wie es aussah, traute mein Freund Rudi aber den grünen Männern nicht so recht. Deshalb sagte er zu seinem kleinen Händi-Kastl, dass seine Susanne mich bei denen so schnell wie möglich abholen solle.

Zuerst mal nahmen mich die Grünen allerdings mit in ihr Auto und fuhren in ihre Wohnung. -

Dachte ich.

Doch vielleicht war es ja auch ein Büro, denn eine richtige Küche hab ich dort nicht gefunden. Obwohl ich die wirklich gründlich gesucht habe. Immer der Nase nach, sozusagen.

Die führte mich jedoch statt in die Küche zu einem Schreibtisch, an dem ebenfalls ein grüner Mann saß. Bei dem fand ich auch den Grund für diese Verführung: eine herrlich lecker duftende Wurstsemmel.

Und dann kam, was kommen musste!

Ich startete mein Superbravhund-Programm und setzte mich artig neben den Semmelbesitzer. Natürlich nicht zu dicht daneben, dann fühlen sich die Menschen immer gleich bedrängt.

Wichtig ist, den richtigen Abstand einzuhalten: weit genug, damit sich keiner unwohl fühlt, aber gleichzeitig nah genug, dass es ausreichend auffällt, um den Noch-Besitzer von seiner Semmel abzulenken. Das absolut Allerwichtigste ist, er muss mich anschauen.

Dann hat er verloren. Unwiderruflich!

Meinem sorgfältig einstudierten Augenaufschlag hat noch nie jemand widerstehen können. (Mein Körbchen steht eben nicht umsonst direkt neben einem großen Spiegel.)

Für alle, die keine Hundeversteher sind, lecke ich mir an der Stelle immer noch deutlich die Lefzen und schon klappt's mit der Semmel.

Sie gehört mir!

Auch wenn das der Vorbesitzer in dem Moment

noch nicht begriffen hat.

Der denkt nämlich meist noch, er könne mich mit einem winzigen Häppchen von „seiner“ Semmel abspeisen.

Mich!

Einen Riesen!

Ich sehe darin ein deutliches Zeichen für die Reformbedürftigkeit des Bildungssystems bei den Menschen.

Merkt man doch sofort, dass Märchen hier viel zu kurz kommen. Wenn nicht mal die Grünen 'ne Ahnung davon haben, was Riesen so brauchen.

Anderenfalls würden sie nämlich froh sein, dass wir Riesenschnauzer keine Menschen fressen, wie die zweibeinigen Riesen und mir nicht 'ne kleine Semmel nur häppchenweise überlassen.

Eins musste ich meinem grünen Futterzuteiler schon lassen: Geschmack hatte er.

Und jetzt in mir auch noch einen neuen Freund.

Nun ist klar, warum man meine neuen Bekannten „Freund und Helfer“ nennt. Alles kann man eben doch nicht aus dem Fernsehen lernen.

Bevor ich aber in Ruhe überprüfen konnte, ob mein neuer Semmellieferant vielleicht diesbezüglich eine Ausnahme war, kam leider schon Susanne um mich abzuholen. Schade eigentlich!

Als meine treulosen Alleinreisenden ein paar Tage später wieder zu Hause ankamen, erzählte Rudi ihnen die ganze Geschichte.

So erfuhr ich auch endlich, dass die grünen Männer „Polizei" genannt werden.

Jetzt bin ich also ein Polizeihund.

Bei den Polizisten habe ich wohl einen bleibenden Eindruck hinterlassen, denn seit jenem Tag winken mir die Insassen jedes grünen Autos freundlich zu und wenn sie Zeit genug haben, halten sie sogar an, rufen „Hallo Charly!" und der eine oder andere kommt sogar zu mir und streichelt mich.

Einer gibt sogar Pfoti.

Nur in ihr Auto wollen sie mich nicht mehr lassen. Wahrscheinlich haben sie Angst um ihre Semmeln...

*

Ich wollt', ich wär' ein Hund...

Neulich hab ich gehört, wie jemand zu meinem Herrchen gesagt hat:

„DU bist wirklich ein Hund!"

Wenn es unsere gemeinsame Chefin gewesen wäre, hätte ich den Grund für diese zweifelhafte Behauptung ja verstanden.

Schließlich erlebt sie täglich, wie sehr Herrchen versucht, meinem Vorbild nahe zu kommen.

Nicht in jeder Hinsicht allerdings. Er pickt sich da

eher so die leckersten Brocken aus dem Futter, wie man so sagt.

Das mit dem Gehorsam zum Beispiel ist nicht so sehr sein Ding.

Ich finde das ziemlich gemein, denn von mir verlangt er immer, dass ich schön höre.

Dabei übersieht er völlig einen wesentlichen Unterschied zwischen uns Beiden: ICH kann nämlich meine Ohren regelrecht AUSSCHALTEN – er tut nur so!

Woher ich das weiß?

Von Frauchen. Die hat das vor ein paar Tagen meinem Nachahmer vorgelesen. Aus einem ihrer schlauen Hundebücher.

Okay, da stand wohl nur drin, dass Hunde so was können. Doch weil unsere Hunde-Expertin das ganz offensichtlich bis zu dem Tage auch noch nicht wusste, bin ich mir sicher: Menschen können das nicht.

Dabei ist das wirklich ein unschätzbarer Vorteil den Menschen gegenüber! Wenn ich will, höre ich alles viel besser und wenn es mir zu laut wird, schalte ich ab.

Nicht nur MEINE Menschen schauen dann staunend zu, wie ich direkt vor einem der riesigen schwarzen Laute-Musik-mach-Kästen seelenruhig schlafe, während alle Zweibeiner rund herum tanzen oder sich an den Tischen am anderen Ende des großen Raums laut anschreien. Das nennen sie dann

Unterhaltung. Nur an ihrem Lachen erkennt man noch, dass sie nicht gleich anfangen zu kämpfen.

Für mich bedeutet das dann extra gut aufzupassen, um rechtzeitig zu merken, falls ich doch meinen beiden Lieblings-Unterhaltern vielleicht mal beistehen muss. Und das finde ich schon ziemlich anstrengend. Vor allem, weil es bei solchen Gelegenheiten meistens nicht besonders hell ist.

Um all dem aus dem Wege zu gehen, suche ich mir dann lieber ein kuscheliges Plätzchen, wo ich nicht ständig gestört werde und alles gut im Blick habe. Am besten geht das vor den Musik-Kisten. Je größer und lauter die sind, desto mehr Platz ist auch davor. Platz für mich!

Außerdem machen die Dinger auch wenn ich sie gar nicht höre 'ne tolle Massage. Ohne Hände, nur mit der Luft! Super, sag ich Euch!

Die einzig Störenden waren in solchen Momenten die Menschen. Weil sie mich immer wieder von den Kisten weg bringen wollten.

Deshalb bin ich heilfroh, dass wenigstens meine Beiden es jetzt besser wissen. Ich hoffe, damit haben diese Diskussionen und die ewigen Schlafstörungen in der „Disko“ nun endlich ein Ende.

Für Herrchen ist das neue Wissen aber sicher kein Vorteil. Denn nun kann er sich nicht mal mehr hinter mir verstecken, wenn er auf Durchzug schaltet.

An Frauchens Stelle würde ich ihm mal eine von

den lauten Kisten neben das Bett stellen.

Dann würden wir schon sehen, ob er seine Ohren wirklich abschalten kann und neben dem Ding so gut schläft, wie ich. Oder ob er manche Befehle von unserer Chefin einfach nur nicht hören will.

Für mich hat die Abschalterei jedenfalls noch viel mehr Vorteile. Während Frauchen immer Ruhe will, um sich zu konzentrieren, schalte ich einfach ab, wenn ich ein wichtiges Ziel habe.

Wenn ich irgendwo weit vor mir zum Beispiel einen vierbeinigen Spielkameraden auf mich zu kommen sehe. Dann brauche ich all meine Sinne, um schnell festzustellen, wie der drauf ist – oder auch wer das überhaupt ist. – Bis auf meine Ohren natürlich, denn wir Hunde reden auf weite Entfernung eher mit unserem ganzen Körper.

Die Bellerei wird von den Menschen ohnehin total überschätzt. Was kann man sich damit schon groß sagen?

„Hallo, hier bin ich!“ vielleicht, so im Sinne von „Schau mal her!“ oder „Komm mal her!“ -

Alles andere ist eher schwierig. Denn wenn der andere uns noch nicht kennt, weiß er ja nicht mal, wie unser Bellen normalerweise klingt, wie sollte er also von weitem schon merken, ob wir fröhlich oder böse bellen?

Das Bellen allein ist erwiesenermaßen die größte Ursache für Verständigungsprobleme. Zwischen Menschen und Hunden genau so wie zwischen uns Hunden untereinander. Bei der menschlichen

Sprache scheint das genauso zu sein.

Also ist Ohren ausschalten gewissermaßen eine Art Fehlervermeidungsstrategie.

DAS sollten sich die Menschen wirklich bei uns abgucken! Und nicht ständig schimpfen, weil wir mal wieder ihre völlig unsinnigen Rückruf-Versuche nach unserem Start in Richtung Spielkamerad ignoriert haben.

Das ist – im Gegensatz zu Herrchens Nicht-Hören – eben keine Frage des Wollens, sondern unserer Konzentration auf's Wesentliche, also den Vierbeiner vor uns.

Wir wissen doch genau, dass unsere Zweibeiner inzwischen brav hinter uns her laufen. - In deren Richtung müssen wir uns also in so einem Moment nicht konzentrieren, nach vorn schon!

Zumal auch der beste Hund nicht in der Lage ist, mehrere Dinge gleichzeitig richtig gut zu machen. Also nix mit Multitasking. -

Ja staunt nur, ich bin kein dummer Hund! Ich weiß manchmal sogar, was die komischen Menschenwörter wirklich bedeuten.

Dieses Wort habe ich von meinem Herrchen. Er sagt es immer, wenn er Frauchen mal wieder jede Menge Arbeit verpassen will, zu der er keine Lust hat.

Wenn Frauchen als eigentliche Chefin sich dann wehrt und erklärt, dass sie natürlich nicht alles auf einmal machen kann, behauptet er, Frauen seien schließlich „multitaskingfähig“.

So ein Blödsinn! Auch wenn mein Lieblings-Zweibeiner noch so ein toller Kumpel ist und nicht wie die Chefin ständig an mir rumerzieht – ich glaube, sie hat Recht: Multitaskingfähigkeit ist ein Märchen.

Obwohl, so viel ich weiß, kommt so ein Quatsch noch nicht mal im Märchen vor! Sogar die Hexe bei Hänsel und Gretel konnte nicht in den Ofen schauen und sich gleichzeitig auf das konzentrieren, was Gretel hinter ihr gemacht hat. Sonst würde sie heute noch leben.

Und dabei wären das nur zwei Aufgaben gewesen! Zur gleichen Zeit.

Ich glaube, Frauchen wünscht sich machmal, auch ein Hund zu sein. Von mir verlangt Herrchen nie, dass ich alles auf einmal mache. Höchstens beim Fressen. Wenn er mir so leckeren Käse unter mein Futter mischt.

Aber das ist einfach: ich tue einfach so, als würde ich alles auf einmal fressen und klappere bei jedem Käsehappen so richtig laut mit dem langweiligen Trockenfutter.

Geht prima!

In Wirklichkeit fresse ich zuerst den Käse, schon damit mir den keiner wegfrisst. Sicherheitshalber!

Man kann schließlich nie wissen: vielleicht kommt er irgendwann doch auf die Idee, dass er ihn selber will.

Oder die Chefin. Die hat mir schon manchmal mein Futter weg genommen.

Wenn ich es nicht gleich gefressen hab, weil der Käse fehlte. -

Ich weiß doch ganz genau, dass die Beiden selber gern Käse fressen. Und manchmal kann ich sehen, dass der letzte leckere Happen in MEINEN Futternapf wandert. -

Dann fresse ich immer besonders schnell, ehe sie's merken!

Aber das merkt Herrchen nicht, weil ich eben so tue, als würde ich alles zusammen fressen. Ist ja auch 'ne Art Multitasking, nicht?

Oder nennt man das Multifressing?

Wenn sich Frauchen nur endlich mal ein Beispiel an mir nehmen würde, statt deshalb immer mit Herrchen zu streiten. Sie braucht doch nur so zu tun, als ob, und einfach den Käse zuerst zu fressen.

Symbolisch gewissermaßen.

Wenn sie nämlich Recht hat, ist dieser ganze Multitasking-Unsinn nur eine Erfindung der Menschen-Männer, damit die Menschen-Frauen mehr arbeiten müssen.

Könnte stimmen. Denn immer, wenn Herrchen sie mal wieder damit so richtig zum Knurren gebracht hat, packt er seine Koffer und geht.

Auf die Wiese. Zum Spielen.

Mit den Flieg-Dingern, ihr wisst schon.

ER will allerdings nichts davon hören, dass er SPIELEN geht. Er nennt das MODELLFLIEGEN. Dabei fliegt er gar nicht!

Und wenn ich mein Spielzeug in die Luft schleudere, spiele ich ja schließlich auch. -

Ich habe eh den Eindruck, dass Frauchen sich mit der Menschensprache viel besser auskennt als Herrchen. Selbst von meiner Hundesprache hat sie schon ziemlich viel gelernt.

Natürlich auch aus ihren schlauen Büchern, die Herrchen nie liest.

Deshalb denkt er auch immer, ich bin was ganz Besonderes.

Na klar, bin ich das! Ich bin ich!

Und vor allem: ich bin ein Riesenschnauzer! Und uns gibt's eben nicht an jeder Ecke!

Weil mein zweibeiniger Lieblingsfan mich aber für ABSOLUT einzigartig hält, kann ich ihn manchmal auch besser austrixen.

Bei meiner Hundversteherin jedoch ist das schon ein bisschen schwieriger. Die lässt sich auch von meinen Fähigkeiten, die Menschen-Sprache zu verstehen, nicht so richtig beeindrucken.

Statt dessen versucht sie immer wieder, ihrem „Herzallerliebsten“ (so nennt sie Herrchen, wenn der nicht von Multitasking träumt) etwas vorzulesen.

Über uns Hunde und was wir so alles können – oder lernen können.

*

(K)einer versteht mich!

Manchmal ist selbst Frauchen überrascht.

Wusstet ihr eigentlich, dass sich 'ne Menge kluge Zweibeiner dafür interessieren, was wir so alles lernen können?

Außer meiner ganz persönlichen Hunde-Forscherin, meine ich!

Also ich habe ziemlich gestaunt, als ich davon zum ersten Mal gehört habe. Da fühlt man sich doch gleich viel mehr ernst genommen von den Menschen, ich möchte fast sagen, unsern

Zweibeinern ebenbürtig. Um so mehr, wenn man sich ein paar von diesen Forschungsergebnissen mal genauer anschaut.

Da ist zum Beispiel die Sache mit der Menschen-Sprache.

Ich weiß zwar nicht wie, aber die Forscher haben herausgefunden, dass wir Hunde durchaus in der Lage sind, 600 Wörter zu verstehen.

Doch ehe ihr nun anfangt zu zählen, wie viele Wörter ihr so versteht, liefere ich euch dazu schnell einen Vergleich.

Als die Chef-Wortführerin meines Rudels studiert hat, hieß es, eine englische Hausfrau habe einen Wortschatz von 600 bis 800 Wörtern. -

Das war im vorigen Jahrtausend sagt sie. Heute werden es eher weniger Wörter sein, dank Es-Em-Es, Wotts-Äp und Fehsbuck. - Darin sind sich meine Vorredner ausnahmsweise mal einig.

Aber bevor ihr jetzt mit mir über die Zahlen streitet – ICH hab von Zahlen keine Ahnung.

Die sind mir auch egal, denn Hugo sagt, Zahlen braucht heute keiner mehr, zum Rechnen gibt's die Kompjuter. Deshalb will er auch ein berühmter Kompjuter-Spezialist werden.

Wenn er groß ist.

Ein Häcker – ihr wisst schon.

Aber Englisch scheint wichtig zu sein.

Ich glaube, wenn Hugo keine Hausfrau werden will, braucht er auch nicht so viele Wörter zu verstehen. Nicht mal in Englisch.

Wörter lernen ist nämlich ganz schön anstrengend. Ich meine nicht solche wie „Käse“ oder „Joghurt“, die sind iesi aber schon bei „Sitz!“ oder „Platz!“ geht es los.

Ewig diese Überei!

Doch dann erst „aufräumen“ - selbst wenn man es versteht – DAS Wort bleibt anstrengend.

Ich muss mal Hugo fragen, ob er das Wort auch so doof findet, wie ich. - Oh, Mist, der versteht ja meine Sprache nicht.

Es gibt auch Wörter, die kenne ich zwar – aber ich verstehe sie nicht. Nein, nicht so was wie „schlafen gehen“, dass verstehen nur Menschen-Kinder nicht. Ich meine zum Beispiel so viel benutzte Wörter wie „Papplick-wjuing“ - ich glaube sogar, das ist auch Englisch.

Wenn ich was nicht verstehe, zeige ich das meinen Sprachlehrern immer durch Kopf-schief-halten.

Das verstehen DIE BEIDEN zum Glück sehr gut und sie versuchen dann, mir zu helfen.

Seit einiger Zeit war fast überall nur noch dieses komische „Papplick-wjuing“ zu hören. So oft, das ich schließlich überzeugt war, es müsse was unheimlich Wichtiges sein. Selbst wenn meine Menschen das anscheinend nicht so sahen.

Zumindest benutzten sie den Ausdruck nicht.

Das heißt, unsere Hauslehrerin für Fremdsprachen war mal wieder nicht da und mein Kumpel Herrchen schien nicht so fit zu sein in Englisch.

Trotzdem, ich wollte es wissen. Also stellte ich mich jedes Mal, wenn im Fernseh-Kasten wieder dieses „Publick-wjuing“ gesagt wurde vor Herrchen hin und hielt meinen Kopf schief.

Doch so sehr ich mich auch bemühte, Herrchen begriff nicht, was ich wollte. Immer wieder fragte er mich, aber er bekam von mir keine Antwort. - Die richtige Frage war eben einfach nicht dabei.

Ach ja, ihr könnt ja gar nicht wissen, wie sich meine beiden Kommunikationstrainer so mit mir unterhalten.

Ganz einfach: Sie fragen – ich antworte. Wie im richtigen Leben. Was heißt hier „Geht ja gar nicht!“ - geht sogar ganz einfach. Natürlich ist mein aktiver Wortschatz sehr begrenzt, wenn man nur Menschen-Wörter zählt, ist er genau genommen gleich Null. Es sei denn, „Wuff“ gilt als Wort.

Deshalb bin ich froh, dass ich kluge Menschen um mich habe. Sie jammern nicht rum, weil ich mit sieben Jahren immer noch nicht sprechen kann, sie lassen sich was einfallen. Sie stellen mir Fragen, die sich von Menschen mit „ja“ oder „nein“ beantworten lassen. Wozu leben wir im Zeitalter der Di-gi-ta-li-sie-rung (puh, das war schwer!), wenn man sich das Prinzip nicht auch zunutze macht, sagt Frauchen immer.

Alles klar? Immer noch nicht? - Dann ein Beispiel!

Das hab ich von meiner Haus- und Hoflehrerin: Man muss immer Unbekanntes mit schon Bekanntem verknüpfen – dann versteht es jeder und das Behalten ist auch leichter. Nur so kann man lernen, sagt sie.

Hier also das versprochene Beispiel:

Es ist Abend, mein Rudel ist in der Stube. Die Zweibeiner starren auf ihre Kompjuter-Kisten oder den Fernseh-Kasten und ich döse auf meinem schönen neuen Teppich vor dem Sofa vor mich hin. Kurz – es ist saulangweilig.

Konntet ihr mir bisher folgen? Ist euch die Situation bekannt genug, um daran nun das Neue anzuknüpfen?

Ich stehe auf und stelle mich direkt vor einen meiner Chefs. Am besten vor denjenigen, dem die Augen noch nicht zugefallen sind. Dann sieht er mich besser.

Meist erfolgt an der Stelle noch keine Reaktion von meinem Gegenüber.

Aber ich hab ja Zeit, ist sowieso nichts Gescheites im Fernsehen. Also bleibe ich erstmal ganz ruhig stehen und sehe meinen „Gesprächspartner“ an. Sehr hilfreich ist dabei meine Keiner-versteht-mich-Haltung: Hals leicht nach unten gestreckt, Blick voraus.

An dieser Stelle verlagert mein Gegenüber meist

seine Aufmerksamkeit von der Flimmerkiste auf mich und fragt:

„Charly, was willst du denn?“

DIE Frage ist natürlich vollkommen überflüssig – „re-to-risch“ sagt man wohl, das klingt besser – denn, dass ich darauf nicht antworten kann, dürften wohl inzwischen selbst Zweibeiner begriffen haben.

Also bleibe ich stehen und halte Blickkontakt. Das ist wichtig, sonst wenden sich meine Lieben gleich wieder ihren sogenannten Unterhaltungsmedien zu, mit denen sie sich noch nie unterhalten haben, soweit ich weiß.

Nun ist klar, ich will was. - Aber was? - Die Fragerei beginnt:

„Charly, musst du mal pieseln?“

Ich warte. Auf die RICHTIGE Frage.

„Oder ein Häufchen machen?“

Dass die Menschen immer zuerst an so was denken! - Ich warte weiter.

„Willst du saufen? Wasser?“

Als ob, ich schon mal was anderes als Wasser bekommen hätte, wenn ich saufen will! - Will ich aber auch nicht. Ich warte immer noch.

„Gefressen hast du schon und die „Em und Ems“ sind auch alle!“

Was soll denn das nun wieder, ich bin weder verfressen noch dumm.

Mit den M und M's machen mir die Beiden schon lange nichts mehr vor. -

Schließlich funktionieren meine Ohren auch, wenn ich schlafe. Zumindest, wenn es um etwas Interessantes geht. -

Und dass sie die „Em und Ems" am liebsten ganz für sich hätten, ist nicht zu überhören. So schnell, wie sie die Tüte immer leer machen.

Ich warte also immer noch.

Hoffentlich hören sie endlich auf, mich wie ihresgleichen zu betrachten und nur nach Sachen zu fragen, die SIE zum Aufstehen aus ihren Sesseln bewegen.

Statt dessen sollten sie wirklich mal daran denken, dass ich ein Hund bin. Dem SIE das selbständige Türen öffnen ABerzogen haben.

„Charly, willst du raus, ist die Tür zu?"

Na endlich!

„Wuff!"

„Soll ich die Tür aufmachen?"

„Wuff, wuff!" - 'Blöde Frage, oder dachtest du, ich wollte nur Bescheid sagen? Damit IHR nachher nicht dagegen rennt, im Dunklen?'

Ich kann mich immer nur wiederholen: MENSCHEN!

Okay, ich hör ja schon auf. Ich hätte ja wirklich an noch viel begriffsstutzigere Exemplare geraten können. Solche, die möglicherweise überhaupt nicht auf die Idee gekommen wären, dass man sich mit mir unterhalten kann.

Ohne Wotts-Äpp und so.

Oder die das einfach selbst nicht können.

Trotzdem, manchmal sind diese di-gi-ta-len Gespräche mit meinen Zweibeinern tatsächlich ganz schön anstrengend. Manchmal hab ich auch einfach keine Lust darauf, zu warten, dass sie mal fragen, ob ich noch ein bisschen in den abendlich-kühlen Garten möchte. Marder verjagen oder ein Bad in der grünen Regentonne nehmen zum Beispiel.

Ich bezweifle ja eigentlich sowieso, dass Zweibeiner überhaupt auf solche guten Ideen kommen können.

Außer, wenn die „Kinder“ da sind, eventuell.

Aber die kommen ja bekanntlich viel zu selten.

Deshalb erspare ich mir in ähnlichen Fällen auch die lange Warterei auf die richtige Frage und kürze das Verfahren einfach ab.

Wie? Na ihr stellt Fragen! Zweibeiner, was?

Um einen kleinen abendlichen Garten- oder Badeausflug zu machen, brauche ich doch nur die allererste Frage zu bewuffen – äh, zu bejahen.

Schon vergessen? Zuerst fragen sie immer das (für Menschen) Wichtigste:

„Musst du mal pieseln?“

Wenn ich darauf antworte, darf ich raus.

Dabei muss ich abends nie pieseln, aber zumindest Herrchen staunt jeden Abend wieder darüber. Frauchen hat sich schon dran gewöhnt. Aber natürlich fällt sie trotzdem auf meinen Beller rein.

Weil ich soo treu schauen kann sicher.

Obwohl sie inzwischen schon gemerkt hat, dass ich nicht immer die Wahrheit sage. Aber was sollen wir armen Hunde denn auch tun?

Wenn unsre Menschen immer über uns bestimmen wollen, müssen wir eben mit allen Tricks arbeiten. Am besten mit solchen, die sie auch selber anwenden. An die sind sie nicht nur gewöhnt, sondern vor allem: DIE trauen sie uns am wenigsten zu.

Doch was das Schönste ist: selbst wenn sie ihren Irrtum bemerken, gibt’s keinen Ärger. Nein, sie sind sogar noch stolz darauf, dass wir wieder mal was von ihnen gelernt haben.

Umgekehrt ist das allerdings völlig anders.

Stellt euch vor, Herrchen sagt nach dem Frühstück zur Chefin:

„Ich geh mal 'ne Stunde mit Charly auf die Wiese."

Nehmen wir dann mal den eher unwahrscheinlichen Fall an, dass seine jahrelange Futterschüssel- und Körbchen-Teilerin ihm das auch noch glaubt.
(Nein, nicht DASS er auf die Wiese geht, das ist nicht zu übersehen, sondern dieses „'ne Stunde".)

Wenn wir beide dann super-pünktlich zur sechs-Uhr-Abendfütterung wieder zu Hause eintrudeln, kriegt mein verspielter Kumpel jedes Mal Ärger.

Also ich verstehe ehrlich gesagt noch nicht mal richtig, WARUM er ausgeschimpft wird. Er hat doch die Wahrheit gesagt. Wir waren auf der Wiese.

Es kann sich also höchstens um das „'ne Stunde" handeln.

Aber ausgerechnet da kann ich nicht mitreden. Ich weiß nicht, was das ist, „'ne Stunde". Wahrscheinlich weiß mein Partner mit den Flügeln in den Augen das ganz einfach auch nicht, sonst würde er sich doch wohl kaum jedes Mal für den selben Fehler ausschimpfen lassen.

Wenn ihr mich fragt, er sollte doch einfach dieses blöde „'ne Stunde" weglassen – worüber könnte unsere geliebte Spielverderberin sich dann noch aufregen?

Dass die Menschen sich das Leben immer selber so schwer machen müssen...

Womit wir wieder mal bei den berühmten

schweren Wörtern wären. Ich meine die, die kein Hund versteht – auch Herrchen nicht. - Bei denen manche Menschen nicht mal darauf kommen, dass sie sie nicht verstehen.

Wie zum Beispiel „Pablick-wjuing"!

Also bitte, ich habe nicht den leisesten Schimmer, wie das geschrieben wird, aber das scheint ja bei den Menschen auch kein Problem zu sein.

Zumindest sagt Herrchen immer, dass es eine so genannte neue Rechtschreibung gibt, nach der nun endlich jeder alles schreiben kann, wie er mag. Wenn das so ist, mache ich das einfach auch.

Meine Gohst-Reiterin wollte das zuerst nicht, aber sie hat sehr schnell begriffen, dass ich nicht auf sie angewiesen bin. Schließlich brauchte ich nur einmal auf Fehsbuck zu pohsten „Gohst-Reiter" gesucht, dann würden sie bei mir Schlange stehen. Und ich wette, KEINER von den Bewerbern hätte auch nur das geringste Problem mit meiner neuen Rechtschreibung.

Noch einfacher wäre es ja, gleich meinen Lieblings-Kumpel zu nehmen, aber der hat eine wirklich schwere Krankheit, wie ich von Frauchen weiß: Schreibtisch-Phobie. Da helfen keine Pillen und keine Medizin!

Eigentlich sehr schade!

Herrchens Krankheit geht sogar so weit, dass er Wörter, die er nicht versteht, lieber gar nicht benutzt, statt einfach mal zu guhgeln, was sie bedeuten.

Wie eben „Pablick-wjuing“.

Deshalb hab ich mich richtig gefreut, als einer von seinen Spezln ihn einlud, doch einfach mitzukommen. Zum „Pablick-wjuing“.

Ohne mich würde er nicht gehen, denn wenn unsere Chefin nicht da ist, fühlt er sich immer so furchtbar einsam. Oder vielleicht hat er auch Angst, ich könnte in seiner Abwesenheit auch noch meine Koffer packen.

Das würde ich natürlich nicht tun, ich hab nämlich nur einen Rucksack und den trage ich auch nie selbst. Doch mir ist das Recht, ich bin auch nicht so gern allein zu Haus – ohne Lepptopp.

Der große Tag kam – und Louise rief an.

Dann machte Herrchen einen Fehler. Er erzählte Louise, dass wir zum „Pablick-vjuing“ eingeladen sind.

Louise bekam einen Schreck – sie dachte ganz offensichtlich, es sei was passiert. Unserer gemeinsamen Mama wohlmöglich.

Zum Glück klingelte DIE gerade in dem Moment an Louises Tür.

Nun war natürlich eine Erklärung fällig. Und ich erfuhr endlich, wovon da alle die ganze Zeit redeten.

Louise und unsere Mama können nämlich Englisch – ich glaube, sogar mehr als 600 bis 800 Wörter. Sind eben keine Hausfrauen.

Als ich aber endlich die Antwort auf meine tagelang unausgeprochene Frage hörte, war ich doch etwas erstaunt. Herrchens Freunde hatten sich verabredet, sich eine LEICHE anzuschauen.

Und ich sollte mit?

*

Pablick-wjuing – und keine Leiche

Eine Leiche war für mich nichts Unbekanntes.

Ich hatte sowas schon oft im Fernsehen gesehen, in den Krimis, die meine Fernsehschläfer jeden Abend für mich aussuchen.

Seit Kommissar Rex ist ja auch allgemein bekannt, dass Hunde die besten Kriminalisten sind.

Nun also in echt. Ich war schon ganz aufgeregt.

Meine anfängliche Befürchtung, ich würde einen von den mir wohlbekannten Herrchen-Freunden auf dem Tisch finden, wurde zersteut, als wir alle gemeinsam einen großen Biergarten betraten, in dem mindestens hundert (ganz viel, ihr erinnert euch?) Zweibeiner bei Bier und Schweinshaxen saßen und – wenn sie gerade den Mund frei hatten – laut irgend etwas riefen, was ich in dem Durcheinander nicht verstehen konnte. Dabei starrten sie alle auf eine Wand, die wie eine Riesen-Fernseh-Kiste aussah.

Mir war sofort klar, DAS musste Kino sein!

Hatte ich schon von gehört. Schön, dass ich jetzt mit sieben auch endlich mal mit durfte ins Kino. Noch dazu in einen Krimi. Mit LEICHE, super!

Der Film hatte leider schon angefangen, oder war das nur das Vorspiel?

Ich glaube, im Kino heißt das so.

Wie dem auch sei, so lange die Menschen sich noch mit ihren Schweinshaxen befassten, sah ich mich erst mal um.

Für den Fall, dass wir Zuschauer in dem Krimi sogar mitspielen dürften, konnte es nicht schaden, sich ein bisschen auszukennen. Als fernseh-gebildeter Hund weiß ich natürlich, dass es so etwas gibt.

Inter-aktives Kino heißt das wohl.

Oder Krimi-Dinner, weil's ja auch was zu fressen gab.

Leider nicht für mich – Schweineknochen sind für Hunde „Nein!“. -

Davon, dass sie für Menschen viel zu groß sind, redet natürlich keiner.

Plötzlich fingen alle an zu johlen und zu pfeifen. Keiner achtete mehr auf seine Schweinshaxen, alle sahen nur noch zur Kinowand.

Da marschierten gerade ein paar Schauspieler in den Film, die doch wirklich genau die gleichen weißen Fell-Ersatz-Teile von den Schultern bis zum Po anhatten, wie die meisten Zuschauer in meinem Kino.

Herrchen nicht, der mag nämlich keinen weißen Fell-Ersatz nicht mal mit schwarzen Streifen drauf und er trägt auch keine roten Hinterpfoten-Schoner – äh, Schuhe - und sein Gesicht bemalt er sich auch nicht. Zum Glück!

Immer nur am Geruch herausfinden zu müssen, wer mein Herrchen ist, wäre für mich eh zu anstengend. Noch dazu bei so vielen Menschen.

Die meisten Zuschauer schienen es aber toll zu finden, dass sie keiner erkennen konnte.

Oder vielleicht doch nicht so ganz, denn irgendwas stand auf ihren Fell-Ersatz-Teilen vorn und hinten, das war nicht bei allen gleich.

Wie ich nach einer Weile hörte, waren das Zahlen. Und Namen. Wie praktisch!

Falls einer der Verkleideten auf oder vor der

Kino-Wand die Leiche spielen sollte, hätten es auch die Kommissare nicht so schwer.

Im Fernsehen wissen sie ja oft bei der Leichenschau noch immer nicht, WER da eigentlich vor ihnen liegt. -

Ihr merkt schon, ich passe immer mal wieder auf, wenn so ein Krimi-Film kommt.

Besonders natürlich an diesem schönen warmen Sommerabend im Krimi-Dinner-Kino unter freiem Himmel mit interaktiver Leichenschau.

Ich bin dabei!

„Wir werden Weltmeister!“

Und ich bin dabei!

„Deutschland vor, noch ein Tor!“

Wieso NOCH EIN Tor? - Ich musste mich wohl doch etwas mehr auf die Handlung des Films konzentrieren:

Der Tatort war ziemlich übersichtlich. Wenn man mal davon ausgeht, dass der grün-gestreifte Platz in der Mitte der Tatort sein sollte.

Vorerst tat sich da nämlich nicht allzu viel. Keine Toten und so. Nur ein paar Schwerverletzte, die nach kurzem Notarzt-Einsatz alle wieder mitspielen durften.

Ich war beeindruckt! So einen Krimi hatte ich noch nie gesehen.

Nicht mal in der von meiner Hausärztin mit Internet-Studium bevorzugten Fortbildungsserie „Der Superarzt hat Abitur“ konnten die Möchtegern-Götter in Weiß so schnell Schwerverletzte wieder kurieren.

Nur wo in dem Krimi die Leichewar, verstand ich immer noch nicht.

Sonst kommen die Leichen doch immer schon am Anfang. Damit die Zuschauer Zeit haben, den Kommissaren Tips zu geben, wie sie ihre Arbeit am besten machen können. Und wer's denn war, natürlich. Der Täter.

Die anderen Zuschauer, besonders die in der Mitspieler-Verkleidung, kannten sich wie es schien, auch nicht besser aus als ich. Jedenfalls schrien sie ziemlich durcheinander in der Hoffnung, dass die Schauspieler auf der Kinowand sie hören konnten.

Aber die konnten nicht. Weder hören, noch das mit dem zusätzlichen Tor klären. Sie rannten wie ein paar aufgescheuchte Hühner über den Tatort und stritten sich um einen Ball.

Wenn ich das gewusst hätte, dass die Filmemacher nicht genügend Bälle hatten. Ich hätte doch geholfen! Ich habe zu Hause nämlich mehrere Bälle – und ich finde Ball spielen eigentlich ziemlich langweilig. Immer nur diesem runden Kullerding hinterherrennen, es zu meinem Mitspieler zurück bringen, nur damit der das Teil dann wieder weit weg schießt. Nee, nix für mich!

Hätte ich also gewusst, dass bei dem Krimi die Bälle so knapp sind, hätte ich den Jungs liebend gern meine zur Verfügung gestellt. Bei dem Gerangel um den Ball kämen wir am Ende sonst nie zu einer Leiche, wie ich befürchtete.

Egal, jetzt war es zu spät, um meine Bälle zu holen.

Mir blieb nichts, als mich endlich richtig auf den Film zu konzentrieren.

Nicht, dass ich am Ende die Leiche noch verpasste!

Doch so weit war es noch nicht. Auch die Kommissare konnte ich noch nirgends entdecken.

Nur ein Messi spielte eine immer größere Rolle. Wenn ich davon ausgehe, wie oft über ihn geschimpft wurde, war er wohl der Bösewicht.

Bei genauerer Betrachtung wurde mir das auch durchaus kar, der schöne grün gestreifte Tatort sah schon wirklich schlimm aus.

Besonders am Rand lag bereits jede Menge Müll – wie man das von Messis eben so kennt.

Aus dem Fernsehen natürlich, bei uns zu Hause haben wir keinen.

Zu meinem Glück, sonst müsste ich am Ende noch viel viel mehr aufräumen, fürchte ich. Nicht nur meine Joghurtbecher.

Jedenfalls war mir nun wenigstens das Hintergrundthema des Krimis klar: die zunehmende Umweltverschmutzung.

Hätte ich mir auch denken können, schließlich vergeht kein Tag, an dem die Fernseh-Erzähler nicht davon sprechen.

So langsam begann ich auch, die Handlung des Krimis zu verstehen.

Damit es für alle Beteiligten einfacher war, sich zurecht zu finden, hatten die Filmleute zu einer alt bewährten Methode gegriffen. Man könnte fast sagen, zu einem alten Trick:

Die Guten waren die mit den weißen Westen (so nennt man wohl den Fell-Ersatz) und die Bösen waren blau.

Wie im richtigen Leben halt!

Man muss, wie gesagt, ja immer an das Bekannte anknüpfen, wenn man jemanden etwas beibringen will.

Und wenn das nicht reicht, hilft auf jeden Fall noch ständiges Wiederholen, immer wieder wiederholen. Immer wieder.

„Deutschland vor, noch ein Tor!“

„Deutschland vor, noch ein Tor!“

Am liebsten hätte ich gerufen „AUS!“ - Aber nach meinen bis dahin mit den interaktiven Zuschauern gewonnenen Erfahrungen, hätte das wahrscheinlich zu einer völlig unerwarteten Reaktion ihrerseits geführt.

Zumindest hätten die wohl kaum verstanden, was

ich eigentlich von ihnen wollte.

Zumal ich ja sichtlich als einziger der Meinung war, dass die Schreihälse mit ihren ewigen Wiederholungen ganz schön nervten. Und was so eine Meute Zweibeiner von Gehorsam hielt, komnnte ich mir lebhaft vorstellen. Wo doch nicht mal meine beiden zweibeinigen Lieblinge auf mein Kommado hören!

Ich schaltete also mal kurz meine Ohren aus und dachte nach.

Soll ja ab und zu ganz hilfreich sein.

Zumindest merkt man dann, dass nicht immer die Recht haben, die am lautesten schreien!

So auch in diesem Fall.

Zuerst mal fiel mir auf, WAS die da eigentlich brüllten: „Deutschland vor!“ -

Wo bleibt denn da die Gleichberechtigung?

Und überhaupt, bis zur Piesel-Pause dachte ich eigentlich, dass nur dieser Messi mitspielt, so oft hatten sie von dem gesprochen. Ohne die Schreihälse wäre ich gar nicht auf die Idee gekommen, dass Deutschland auch dabei ist.

Ich hatte schon überlegt, ob die mit den weißen Westen vielleicht Statisten waren. So heißen doch die Schauspieler, die nichts zu sagen haben im Film, oder?

Und dann „noch ein Tor!“ - was sollte denn dieser

Quatsch nun wieder?

Die Schauspieler hatten doch nur einen Ball.

Und zwei Tore.

Eins gehörte wohl den Guten und eins den Bösen.

Welches wem gehörte, war aber gut getarnt. Die weißen Gestelle mit den Netzen drin sahen völlig gleich aus und die Türsteher, äh, Torsteher hatten andere Farben als ihre Verbündeten.

Der gute war, glaube ich, grün - wie im richtigen Leben.

An den anderen kann ich mich nicht erinnern. Nur eins weiß ich genau: schwarz war er nicht.

Das hätte ich mir auch verbeten. Schließlich ist Schwarz MEINE Farbe! Für Menschen eigentlich tabu – auch wenn manche von denen es anders sehen!

Dann gab es da noch ein paar Rote. - Die konnte ganz offensichtlich überhaupt keiner leiden. Einer von den Roten fuchtelte immer wieder mit gelben Zetteln rum, das schien vor allem die Weißen ziemlich zu ärgern.

Mir war das egal. Ich wollte endlich Leichen sehen! Wenigstens eine. War ja wohl kein schwedischer Krimi, da gibt es immer gleich mehrere Leichen und viel Blut!

„... noch ein Tor! Tooooor! Toor?“

Die Spannung allerdings konnte sich so langsam mit einem schwedischen Krimi durchaus messen. Die Zuschauerstimmung wechselte ständig zwischen Begeisterung und Enttäuschung.

Bei mir hielt sich die Begeisterung in Grenzen.

Als dann doch endlich der erste Schwerverletzte mit 'ner blutenden Kopfwunde von zwei Tatü-Tata-Männern vom Tatort getragen wurde, schöpfte ich wieder neue Hoffnung. - Auch wenn weit und breit keins von den schönen Tatü-Tata-Autos zu sehen war, wahrscheinlich autofreier Sonntag, wegen der Umweltverschmutzung.

Schließlich achten die beim Film immer darauf, dass alles zusammen passt.

Auch wie im richtigen Leben eben!

Auf der Kinowand war inzwischen wieder alles beim alten: den Schauspielern reichten die beiden vorhandenen Tore ganz offensichtlich. Sie hatten ja eh nur zwei von den bunten Torwächtern.

Warum der Grüne zu den Guten gehörte, war mittlerweile selbst mir klar wie Hühnerbrühe: er war einfach der Fleißigste von allen. Immer am Ball, sagen die Menschen – nun wusste ich endlich auch, was das zu bedeuten hat!

Einiges andere fand ich aber trotzdem ganz schön komisch. Na ja, zum Lachen war es zwar nicht wirklich, nur, es passte auch nicht so richtig zu einem Krimi. Im Fernsehen waren die irgendwie immer spannender. Man merkte es schon daran, dass hier noch keiner eingeschlafen war, nicht mal mein

Herrchen.

Kein Wunder! Sicher warteten alle, wie ich, darauf, dass die Schauspieler endlich mal aufhörten, sich um den Ball zu streiten.

Das konnte man ja auch wirklich nicht mit ansehen! Die rannten nun schon ewig dem einzigen Spielzeug hinterher, das ich entdecken konnte.

Warum hatten die bloß nicht mehr von den runden Kullerdingern? Die kann man doch überall kaufen.

Ich beschloss, mir das Elend nicht noch länger anzusehen und machte erst mal meine Augen zu.

Die Ohren ließ ich sicherheitshalber offen. Für den Fall, dass ich was Interessantes hören würde.

Ich kann euch nur empfehlen: probiert das mal aus. Zuhören, statt zuschauen. Irre, sag ich euch!

Erst jetzt merkte ich, dass es ja einen gab, der den ganzen Film erklärte. So lange ich zugesehen hatte, war mir das gar nicht aufgefallen. Na dann konnte ich ja überhaupt nichts verpassen! Ich wollte doch schon immer mal 'nen Film mit Bildbeschreibung für Blinde sehen.

Ob es das wohl auch im Fernsehen gibt?

Wenn ich bloß besser reden könnte – das wär doch was für meine beiden Fernsehschläfer.

Und ich müsste mir nicht alle Krimis wieder und wieder anschauen.

Aber ich schweife ab! - Zurück zum Kino!

Der Bilderklärer erklärte wirklich sehr gut:

„Jeder hat schon mal den Ball gehabt!“

Na super, dann könnten sie ja nun endlich die Leiche zeigen, dachte ich. -

Doch so schnell ging es nun auch wieder nicht!

Die Begründung folgte umgehend:

„Es gilt jetzt einfach, den Kopf oben zu behalten!“

Bei Leichen ist das leider nicht gewährleistet. Die liegen meistens irgendwo rum und manchmal ist der Kopf auch gar nicht zu finden. -

Trotzdem wurde es langsam spannend, denn man entdeckte Lippenstift am argentinischen Torpfosten! - Bestimmt meinte der Erklärer das Tor von den Blauen, die mit den weißen Westen würden doch so was nie zulassen – vor laufender Kamera!

Ich riskierte einen Blick.

Die Schauspieler standen ziemlich ratlos am Tatort und warteten bestimmt auf die nächste Erklärung. Das kannte ich schon von meiner Chefin.

Die sagt in solchen Momenten immer:

„Woher soll ich wissen, was ich denke, bevor ich höre, was ich sage?“ -

Weil sie aber nicht dabei war, warteten alle auf die Ansage des Erklärers. Ich machte meine Augen wieder zu. Damit ich ihn besser hören konnte...

„Die Null steht, aber sie wackelt!“ -

Bezog sich das auf die Lippenstift-Verschmiererin oder war einem der Schaupieler schwindlig? Wundern würde es mich nicht, so oft wie die schon mit den Köpfen zusammengestoßen waren. -

Aber schon passierte wieder etwas:

„Er wird wahrscheinlich sogar die Busfahrt vergessen haben, da ist erst mal alles gelöscht!“ -

Wieder einer, der sich nichts merken kann. -

So einer ist als Zeuge total ungeeeignet, wie ich als erfahrener Krimi-Hund längst wusste.

Andererseits konnte das natürlich auch der Täter sein, oder sein Komplize. Dafür sprach, dass er ja wohl alles vom Kompjuter gelöscht hatte.

Sehr verdächtig!

Wenn jetzt unsere Spezialistin da wäre, hätte sie sicher ein paar Tipps, wie man die Daten wiederfinden kann.

Herrchen ist für sowas höchstens der Zweitbeste in unserer Familie. Nur das mit dem Löschen würde er wohl auch schaffen, glaube ich.

Ein kurzes Blinzeln verriet mir, dass es allerdings einer von denen mit den weißen Westen war, der da offensichtlich gerade festgenommen und vom Tatort weggeführt wurde.

Ich war etwas verwirrt. Waren die Westen vielleicht gar nicht so weiß, wie es am Anfang des Films schien?

Es stimmte: überall Dreck! Auch auf den ehemals weißen Westen. - Soll vorkommen in Krimis.

Nur die Leiche fehlte immer noch!

Sicher hatten die Verbrecher sie gut versteckt.

Ich sah mir aufmerksam an, was da so auf der Kinowand gezeigt wurde.

Wo war die Leiche?

Plötzlich änderte sich das Bild und statt des grüngestreiften Tatorts war ein Schatten zu sehen. Ganz klar, ein menschlicher Schatten. Zu erkennen war er nicht, denn genau hinter seinem Kopf leuchtete im schönsten Orange die Abendsonne. Man sah nur den langen Mantel und weit ausgebreitete Arme.

Der Sonnen-Mensch bewegte sich nicht. Er stand einfach so da. Er konnte also sicher nicht tot sein. Leichen stehen nicht irgendwo herum, schon gar nicht mit ausgebreiteten Armen.

Aber alle Achtung, wie lange er so stehen konnte, ohne sich zu bewegen! Das sollten sich die Fernseh-Krimi-Leichen mal anschauen! Die hatte ich schon mal wackeln sehen, oder blinzeln, sogar atmen – dabei atmen Tote doch überhaupt nicht mehr!

Als die Sonne dann hinter dem Schattenmann im Meer versunken war, ohne dass der sich bewegt hatte, und auf der Kinowand erneut der ereignislose Tatort erschien, schloss ich wieder meine Augen.

Die anderen Schauspieler rannten immer noch rum und selbst nach einer Streichelpause hatte ihnen keiner mehr Bälle gebracht. Dabei hatte man in der Pause deutlich gesehen, dass sie die Rennerei nicht mehr lange durchhalten würden. Ein paar von ihnen waren eh schon nach Hause gegangen. Dafür waren andere eingesprungen, die noch nicht so müde waren.

Ich konnte keinen anderen schicken und lauschte wieder dem Erklärer:

„Wir haben einen Flitzer!“ -

Doch kein autofreier Sonntag?

Ich wollte mir das Auto mal anschauen, aber es war leider nicht zu sehen! Ziemlich viel, was man nicht sehen konnte, fand ich.

Die anderen Zuschauer schien das nicht zu stören.

„In Fußball-Mannschaftsstärke kriegen sie den Flitzer immerhin vom Platz!“ -

Schien ein großes Auto zu sein, wenn sie so viele zum Schieben brauchten.

Doch ich wollte das gar nicht sehen. Ohne Leiche! Die Ballrennerei nervte mich inzwischen schon ganz schön! -

„Er will jeden Ball haben!“ -

Wer?

Jetzt hatte ich vor lauter Langeweile noch nicht einmal verstanden, wer den anderen ihre Bälle geklaut hatte. -

Wenn der sich den letzten nun wenigstens auch noch schnappen würde! Dann MÜSSTEN sie endlich was anderes spielen! Von allein kämen sie ja offensichtlich NIE drauf.

Inzwischen war auch eine zweite Streichelpause vorbei. Komisch fand ich nur, dass sich da lauter Männer gegenseitig die Hinterbeine streichelten.

Ich finde ja, Frauen können sowas viel besser. Ich kann das beurteilen, denn meine Streicheltests laufen bei uns zu Hause zu allen Tageszeiten. Nur nachts bestehen meine Rückenkrauler darauf, dass ich unten in meinem eigenen Körbchen schlafe, wenn sie sich nach oben zu ihren Schlafplätzen begeben.

Nix mit Rudelschlafen oder so! -

„Tooooooor! Toooooor! Tooor!“ -

Die Stimme des Erklärers überschlug sich regelrecht vor Begeisterung. Dann ging sie im allgemeinen Jubel der Kinozuschauer unter.

Die sprangen von ihren Plätzen auf, schrieen und umarmten sich. Einige stiegen sogar auf die Bänke und ich musste höllisch auf meinen Schwanz und meine Pfoten aufpassen. Die Zweibeiner waren dazu nicht mehr in der Lage.

Es dauerte eine ganze Weile, bis ich die Kinowand wieder sehen und den Erklärer verstehen konnte.

„Deutschland gewinnt gegen Messi!“

Ich wusste es: schließlich muss ich mein Zeug auch immer aufräumen. Wir wollen keinen Messi in unserer Wohnung!

Die mit den gar nicht mehr so ganz weißen Westen strahlten und holten sich dann ein neues Spielzeug ab. Keinen Ball, eher so einen riesigen glänzenden Knochen. Vielleicht war er ja auch als Leckerli für alle gedacht.

Groß genug war er ja.

Wie es aussah, wollten die Weißen das Ding aber ganz für sich haben und spielten nicht mehr mit den anderen.

Die Blauen verließen weinend den Tatort und auch die rund herum sitzenden blau weißen Statisten sahen sehr traurig aus. Richtig unglücklich.

Herrchen trank sein Bier aus und verabschiedete sich von seinen Freunden. Die schienen das gar nicht zu bemerken vor lauter Begeisterung.

Das war also alles gewesen? Und die Leiche?

Wegen des Geschreis hatte ich zum Schluss noch nicht mal mitbekommen, ob sie nun die Leiche gezeigt hatten.

Wenn ich das geahnt hätte, wäre ich nicht die ganze Zeit wach geblieben.

Also wenn ihr mich fragt: Pablick-vjuing ist fast wie Fehsbuck – alles nicht das Wahre...

Ins Kino will ich auch nicht mehr, da ist es mir zu laut! Und ab sofort mache ich es bei den Krimis wie meine zweibeinigen Vorbilder: ich schlafe!

*

Taim tu sey gutt bai

Gerade hat meine Geistschreiberin bei uns angerufen. Sie kommt heute wieder nach Hause. Herrchen freut sich schon. Ich mich auch, aber das braucht sie nicht zu wissen. Jedenfalls jetzt noch nicht.

Sie hat nämlich schon wieder versucht, mir über das blöde kleine Telefonkastl irgendwelche Befehle zu geben. Könnte sie sich langsam mal merken, dass ich da nicht mitspiele. Nicht mal heute, wo sie so ganz beiläufig erwähnt hat, dass sie endlich fertig ist mit meinem Buch.

Wurde ja schließlich auch Zeit! Ich dachte schon, sie schafft es nie. Egal, wo ich in letzter Zeit war, immer musste ich mir die Fragen anhören, wann es denn endlich so weit ist...

Bevor ich mich jedoch von Euch verabschiede, möchte ich noch eins klarstellen:

Ich bin ein Hund – und das ist gut so!

Und noch etwas:

Ein Hund, der so gut sein will, wie ein Mensch, hat einfach keinen Ehrgeiz!

In diesem Sinne: Viel Spaß beim Bellen – oder welche Sprache ihr auch bevorzugt...

Und ein großes Riesenschnauzerdankeschön an alle, die mir und meiner Gohstreiterin geholfen haben:
vor allem an meinen Lieblings-Kumpel Herrchen, ohne den ich meine Lepptopp-Bedienerin nicht einfach hätte ins Schreibasyl schicken können, als sie nicht voran kam, an meine Lieblings-Bücherschönmacherin, die für mich das Buch noch viel schöner gemacht hat, als ein Weihnachts-Leckerli und an meine Starfotografen, die mich immer wieder ins richtige Licht setzen (was bei meinem schwarzen Autfitt nicht so einfach ist).

Ein Extra-Pfoti geht auch an jede meiner fleißigen alten und neuen Freundinnen: an die, die für mich kontrolliert hat, dass alle wichtigen Wörter auch richtig aufgeschrieben sind und dass Dinglisch nicht mit Englisch verwechselt wird, an die andere, die versucht hat, mich nachzubauen, damit ich nicht immer selbst mit Frauchen zur Arbeit muss und an alle, die jedem erzählen, was ich für ein tolles Buch geschrieben habe.

Und lahst batt nott liest ein ganz besonderes Braver-Hund-Dankeschön an alle meine Freunde, an Hugo und seine kuhle Mama, an Rudi, seine Frau und die Piepmätze, an Pico, seine Familie und das Sofa, an Beppi und seine Nervensäge Mala, an meine Lieblings-Tierärztin, alle Kinder (auch Pit, den Riesen) und natürlich an all meine „Fast-Geschwister" und das Nachbarn-Rudel.

Es ist toll, dass ich Euch alle habe und dass Ihr mir und meinen Chefs immer wieder helft. Ihr seid das beste Rudel, das ich je hatte! -

Sollte der bravste und klügste Hund der Welt doch mal einen von Euch geärgert haben, seid nicht böse! Dafür kommt Ihr auch hier in meinem Buch vor.

Als Entschädigung sozusagen.

Meine Leckerlis wollt Ihr ja nicht!

Natürlich sind trotzdem alle in diesem Buch vorkommenden Zwei- und Vierbeiner von mir frei erfunden.

Was dachtet Ihr denn?

Wenn Euch dennoch jemand bekannt vorkommt, ist das ganz normal. Menschen sind so. -

Aber Ihr seid SUPER! -

Ich natürlich auch!

Und wisst Ihr, wem ich das zu allererst verdanke?

Fonsi und Bettina – von Euch hab ich meinen vornehmen Namen und vor allem: ohne Euch wäre ich gar nicht auf der Welt!

Euch allen sollte dieses Buch Freude machen.

Danke - und macht's gut!

Wuff!
Euer Charly

*

Oh nein, jetzt hätte ich's doch fast vergessen: Natürlich bekommt Ihr mein Buch auch als **e-book**! Und für alle, die nicht lesen können, so wie ich - eine **Hörbuch**-Ausgabe erscheint ebenfalls noch 2014.

Wenn Ihr wissen wollt, was meine Chefin sonst noch schreibt, schaut mal auf die nächsten Seiten:

Leseprobe

Prolog

Ende März. Selbst hier in den Bergen wird es langsam Frühling. Man merkt es am Aprilwetter: Schönster Sonnenschein und dann gleich wieder Schneegestöber. Oder Hagel. Passt zu meiner Stimmung. Richtige Frühlingsstimmung eben. Himmelhoch jauchzend – zu Tode betrübt. Da kann ich nix gegen tun! Am besten: Augen zu und durch...

Oder sollte ich die vielleicht doch lieber offen lassen? Schließlich kann ich nicht blind schreiben und obwohl ich mich auf alles stürze, was irgendwie nach moderner Technik aussieht - auf Zuruf reagiert mein Compi leider noch nicht. Noch nicht.

Mache ich eben die Augen wieder auf und das,

was ich schon lange machen wollte: ich schreibe!

Ledig, weiblich, jung sucht...

Klingt wie der Anfang einer Heiratsannonce. Nur, wenn man genau hinschaut, ist alles ganz anders. - Na ja, nicht alles: Weiblich stimmt. Sehr sogar. Sehr weiblich, meine ich. Wer? Na, ich natürlich! Jung? Klar, wenn's mir gut geht vor allem. Sonst sehe ich manchmal ganz schön alt aus.

Ledig? - Ist eine Frage der Definition. Eigentlich bin ich nämlich geschieden. Zweimal, um genau zu sein. Von verschiedenen Männern. Ich erwähne das nur, damit keine Missverständnisse entstehen. Je nach Zuhörerkreis stelle ich mich manchmal mit den Worten vor: „Zum zweiten Mal glücklich geschieden..."

Damit hab ich vorigen Sommer im Mütterkurheim meine Mitmütter geschockt. Wollte ich gar nicht. Hab ich auch zuerst überhaupt nicht gecheckt, dass sie geschockt waren. Es war nur, weil die meisten in der Vorstellungsrunde so ihr glückliches Familienleben rauskehrten. Und ich konnte nicht mal die Spur von einem Mann vorweisen. Dabei wollte ich doch auch so gerne glücklich sein, wie die anderen... Oder wenigstens scheinen. Muss ja nicht gleich jede wissen, wie mir zumute ist, oder?! -

Es war eben meine erste Mütterkur, sonst hätte ich mir das vielleicht geschenkt. Nach knapp zwei Wochen wusste nämlich doch jede von jeder, wie ihr zumute war. Und wie glücklich sie wirklich waren, die Anderen.

Im Vergleich zu einigen meiner Mitmütter war ich noch gut dran.

Hätte ich nicht gedacht. Wo ich mich doch seit meiner Scheidung vor sieben Jahren meistens ziemlich unglücklich fühlte. So ohne Mann, meine ich.

Ja, ja, ich weiß schon, so was zuzugeben, ist heute nicht mehr in.

Ich erzähl´s deshalb auch nicht allen. -

Also wirklich „sucht“? - Kommt drauf an, was – oder wen...

Aber, wenn ich ehrlich sein soll, suche ich gar nicht. Nicht mehr jedenfalls. In den vergangenen Jahren habe ich nämlich mit schöner Regelmäßigkeit meine Frühlingsgefühle in die Formulierung von Bekanntschaftsanzeigen oder Antworten auf solche investiert. Leider erfolglos. Leider? Kommt drauf an! Erfolglos? Wie man´s nimmt: einen Mann für Tisch und Bett habe ich auf diese Weise nicht gefunden. Allerdings habe ich so jede Menge interessanter Erfahrungen gemacht.

Doch vielleicht sollte ich der Reihe nach erzählen!

Es begann mit meiner Scheidung vor sieben Jahren. Oder nein, eigentlich begann es schon drei Jahre früher, als mein Herr Gemahl von der Kur zurückkam:

1986

„Ich hab dir eine Freundin mitgebracht."

Das war doch mal was Neues! Nicht immer diese üblichen Andenken, die dann irgendwo als Staubfänger den Frust beim Wohnung putzen erhöhen. So eine Freundin wäscht sich selber und blockiert auch keinen Platz im Schrank. Jedenfalls nicht, wenn man sie offiziell vorstellt, dachte ich.

Trotzdem war ich zuerst etwas überrascht. Schließlich hatte ich noch nie 'ne Freundin einfach so geschenkt gekriegt. Natürlich hatte die Sache einen Haken, denn Johanna, so hieß sie, war erstmal zu ihrem Mann und ihren beiden Kindern heimgekehrt.

Zum Glück war Berlin damals noch nicht so groß und so konnte ich schon nach wenigen Tagen meine neue Freundin in Augenschein nehmen. Das heißt, zur Begrüßung nahm sie mich erstmal. In den Arm. Wie unter Freundinnen so üblich.

Dann küsste sie mich. Wie unter Freundinnen so üblich.

Anschließend küsste sie Meinhard, meinen Mann.

Nee, so was von Aufmerksamkeit aber auch! Irgendwie musste Johanna es gespürt haben, dass sie nur solange meine Freundin würde sein können, wie Meinhard unserer Freundschaft wohlgesonnen war. Immerhin hatte er mir in den bereits vergangenen zwölf Jahren unseres Zusammen- und Ehelebens noch jede Freundin abgewöhnt. Schließlich war er elf Jahre älter als ich und wusste am besten, was für mich wirklich gut war.

Johanna war es. Ganz offensichtlich.

Johanna war so alt wie ich und hatte ansonsten alles, was ich mir gewünscht hätte: eine tolle Figur, Naturlocken, Superklamotten.

Völlig klar, dass Meinhard sie nicht nur als Freundin, sondern auch als Vorbild für mich auserwählt hatte. Deshalb hatte er für zu Hause Diätpläne mitgebracht und Johanna meldete mich bei IHREM Friseur an. Es war natürlich DER Starfriseur von Berlin – Hauptstadt der DDR.

Natürlich! Sie waren ja so besorgt um mich, mein Mann und meine Freundin! Die Dauerwelle, die Jhonny bei mir zelebrierte, hielt zwar nicht, aber dafür konnte ich überall rumerzählen, dass ich nun Kundin in dem berühmten Salon war. Schließlich nahmen die da nicht jede!

Bei uns zu Hause begann sich alles nur noch um Johanna zu drehen. Unsere vier Kinder wurden mit Johannas beiden zwangsangefreundet. Weil es gut für sie war. - Na, zumindest erweiterte es ihren Horizont. Als Kinder eines Offiziers hätten sie sonst wohl kaum in der Praxis überprüfen können, wie der Klassenfeind schon die Kleinsten mit solchen Sachen, wie Playmobil und Barbypuppen manipuliert. Und wie herrlich ein Kinderzimmer sein kann, in dem in trauter Gemeinsamkeit auf dem Fußboden die vollgepinkelte Bettwäsche von Johannas Neunjährigem neben Büchern, einer vollklimatisierten Ritterburg, diversen Computerspielen, Haargummis und Millionen von Katzenhaaren eine zehn Zentimeter hohe Schutzschicht über den teuren Wollteppichen bildete, die wir uns, schon wegen unserer vier Kinder, sowieso nicht leisten konnten.

Auch meinem Meinhard tat die Erweiterung seines Horizonts sichtlich gut. Lebte er doch spürbar auf, wenn wir zu Johanna fuhren.

Noch mehr, wenn sie zu uns kam. Dann kam sie nämlich allein.

Meistens. Zumindest abends. Klaus, ihr Mann, wäre sowieso spätestens nach einer Viertelstunde im Sessel eingeschlafen. Und dann hätte man den Ärmsten wecken müssen zum Nachhausefahren.

Wie grausam!

Wo er doch in seinem Job als Lehrer UND Hausmann UND Vater von zwei Kindern sowieso total überfordert war. Wie man spätestens erkannte, wenn man seine Küche aus Versehen betrat. - Bloß gut, dass Klaus auf seine reichen Eltern zurückgreifen konnte, wenn das saubere Geschirr alle war.

*

www.ina-maria-enn.de

www.marianne-von-Hirsch-Verlag.de

Termine für Lesungen
auf unserer Homepage
oder bei **facebook** auf der
Ina-Maria Enn Autorenseite

**Stargast bei Lesungen -
unser Autor**

Foto: creature feature Stefanie Czapla, Leipzig

Für Spurensucher